Berlin

Ein Roman aus dem
Zweiten Weltkrieg

Richard G. Hole

Berlin
Ein Roman aus dem Zweiten Weltkrieg

Richard G. Hole

Zweiter Weltkrieg

ZUSAMMENFASSUNG

Das war Berlin...

Das erschreckende Berlin einiger erschreckender historischer Daten, in dem sich Danteske bleiche Wesen, abgemagert und nervös, durch seine Trümmerhaufen, durch seine Trümmerstraßen, Ruinen und nackten, geschwärzten Mauern bewegten, hinter denen nichts außer der eisigen Leere ihrer Häuser ohne Mauern stand , Dach, Wände oder Personen; mit diesem entsetzlichen Öffnen leerer Augen, die die Fenster waren, die in den Himmel selbst hinausblickten, grau und trüb wie die Atmosphäre der deutschen Hauptstadt.

Ja. Das war Berlin.

Das war die stolze Hauptstadt des Dritten Reiches, belagert von russischen Truppen, die bereits am Rande der Hauptstadt auf den Brücken, die dorthin führten, wütend kämpften ...

Berlin ist eine Geschichte aus der Sammlung des Zweiten Weltkriegs, einer Reihe von Kriegsromanen, die im Zweiten Weltkrieg entwickelt wurden.

BERLIN

1

Alles begann eines Morgens.

Die Morgendämmerung des 16. April 1945. Man kann sagen, dass alles in diesen Stunden begann ... oder dass praktisch die Vollendung von allem begann. Es war der Anfang vom Ende. Viele wussten es nicht. Einige vermuteten es. Einige wussten es positiv.

Die Nacht war relativ ruhig in der ostdeutschen Straße gewesen. Eine ruhige Nacht, unterbrochen von vereinzelten Schießereien, zwischen den sowjetischen Truppen und den Nazis; aber immer ohne Tiefe oder Dauer. Das betraf den Odersektor.

Mehr als zwanzigtausend Münder brüllten plötzlich und durchbrachen diese relative Stille. Entlang der Odermulde schien ein höllisches Gebrüll das Land zu erschüttern. Die Soldaten der Neunten Reichsarmee wussten, dass dies der erste russische Angriff auf wichtige deutsche Verteidigungsanlagen war. Sie haben es erwartet und sich dagegen gewehrt. Sie wehrten sich, obwohl die Offensive viel mächtiger und schrecklicher war, als sie es sich vorgestellt hatten. Sie wehrten sich, obwohl die Männer des Reiches nach Zahl und Material in einer klaren und durchschlagenden Innerlichkeit waren.

„Heil Hitler“, riefen die Offiziere und pressten energisch die Lippen. „Haltet fest, Soldaten! Mut und Tatkraft! Berlin wird niemals dem Feind gehören! Europa und mit ihm Berlin wird niemals den Russen gehören!

Die Soldaten kämpften, angespornt von diesen kurzen, lebhaften Reden. Sie stellen alles auf ihre Seite. Aber niemand war sich sicher, ob der Wille seines Führers ausgeführt werden konnte. Nicht jetzt, wo das deutsche Trente manchmal bröckelt.

Die Oderfront widerstand trotz der furchtbaren Beharrlichkeit der verheerenden Last der sowjetischen Panzerkolonnen kaum. Stoßtrupps, Luftfahrt, Panzer und Artillerie bildeten eine Lawine, die von den dezimierten und demoralisierten Soldaten Hitlerdeutschlands kaum erträglich war.

Die glorreichen Momente, die goldenen Daten der stolzen "Luftwaffe", des "Afrika Korps", der schillernden Siege der deutschen Heere waren vergangen.

Es war nicht mehr möglich, lange zu widerstehen. Die Tage des Dritten Reiches waren gezählt. Sein Stolz brach zusammen mit seiner gewaltigen Militärmaschinerie, die von tausend Einschlägen zerschmettert wurde.

Aber dort, in der Oder, einem tapferen, zähen und hartnäckigen Feind gegenüber, der den kürzesten und schnellsten Weg nach Berlin suchte, hielten die erschöpften und abgehärteten Männer der 9. Armee die Ostoffensive aus, hielten die russischen Soldaten durch die Zeit etwas verlängern. Die Agonie Deutschlands, das gequälte, zitternde und fieberhafte Warten auf ein Berlin in Trümmern, das nur das Schlimmste zu erwarten schien ...

Nicht alle Fronten hatten den gleichen Widerstand. An einer anderen Front, die für das künftige Schicksal Deutschlands und seiner nationalsozialistischen Führer nicht weniger transzendental ist, begann sich bereits Chaos mit unauslöschlichen und klangvollen Zeichen zu entfalten: der der Neiße.

Dort waren es die Zweite und Vierte Armee der Sowjetunion, die den entschlossenen Angriff auf die Nazi-Verteidigung unternahmen. Beide Armeen waren mit Tausenden und Abertausenden schwerer Panzer und verschiedenen speziell ausgebildeten Infanteriekorps der Armee dringend verstärkt worden. Vorne, geschwächt und schwankend, konnte die deutsche Vierte Armee nicht viel Widerstand leisten.

In ihrer Verzweiflung ertrug sie ein paar Stunden. Dann ist es zusammengebrochen...

Alliierte Sender waren die ersten, die die Nachricht verbreiteten:

Die Front der Neiße ist gebrochen. Russische Truppen rücken bereits mit einer wahrhaft tödlichen Pfeilspitze direkt auf Berlin vor. Die Stunden des Dritten Reiches sind gezählt ... »

Die Stunden des Dritten Reiches sind gezählt!

Die Idee hat es kaum geschafft sich zu öffnen in demfassungslose, wachgerüttelte Köpfe der Großen des Nationalsozialismus. Sie konnten nicht glauben, was sie hörten. Aber sie wussten, dass es die Wahrheit war. Sie konnten es besser als jeder andere wissen. Die Meldungen, Botschaften und Nachrichten, die unaufhörlich das Hauptquartier des Dritten Reiches erreichten, waren zufällig: Die Neiße-Front sank unwiederbringlich. ..

"Soldaten der Ostdeutschen Front!" Zum letzten Mal geht der Feind in die Offensive; versuchen, Deutschland zu zerstören und unser Volk zu vernichten. Ihr Ostsoldaten weißt selbst, welches Schicksal vor allem deutschen Frauen und Kindern droht. Während alte Männer, Männer und Kinder ermordet werden, werden Frauen und Mädchen erniedrigt, auf den niedrigsten und unehrenhaftesten Zustand reduziert. Der Rest geht nach Sibirien ... »

Es wurde natürlich von Adolf Hitler unterschrieben. Und es sollte die Moral der Soldaten erhalten, die an allen Fronten im Osten gegen das Unvermeidliche kämpfen.

Zu diesem Zeitpunkt kamen die Befehle bereits aus den Kellern des Kanzleramts, fünfzehn Meter unter der Erde. Hitler hatte sich in den Berliner "Bunker" geflüchtet, in Erwartung dessen, was mit der deutschen Hauptstadt passieren könnte, jetzt, da der Feind schon so nah war, jetzt, da die gegnerischen Geschütze bereits um die große Berliner Metropole brüllten ...

Es war ein Moment in der Geschichte. Der große Wendepunkt der deutschen Geschichte. Und von der ganzen Menschheit, Dramzuethisch verbunden mit den Wünschen eines Volkes, das vom gigantischsten und fanatischsten Verrückten aller Zeiten in den Holocaust geführt wurde ...

Zu dieser Zeit waren andere Leben auf seltsame Weise mit dem Leben und Sterben von Adolf Hitler verbunden.

Lebt wie die von Goebbels, Göring, Himmler, Eva Braun, Krebs ...

Ja andere dunklere Leben. Lebt dassie würden nie in die Geschichte eingehen. Leben grauer Wesen, in der grauen Welt, die immer die großen Lichter der Geschichte umgibt.

Lebt wie Karl Martin, Offizier des Dritten Reiches. Genauer gesagt, ein Offizier der Division "Panzer 21", der gleichen gewaltigen Division, die zu Erwin Rommels "Afrika Korps" gehörte ...

Karl Martin, den Destiny als eine weitere Figur in diesen dunklen, unheimlichen und halluzinatorischen Stunden der Berliner Agonie, der Agonie Deutschlands und seiner Übermenschen ...

* * *

„Rommel ist am 17. Juli nicht an seinen Verletzungen gestorben. Rommel wurde ermordet.

Eine tödliche, eisige Stille begrüßte die kühnen, unglaublichen Worte des jungen Offiziers.

Karl Martin begnügte sich nicht damit, diese verbale Bombe in die Bierhalle mit uniformierten Männern in Stahlhelmen, Eisernen Kreuzen, Eichenlaub und Hakenkreuz auf die braunen Krieger zu werfen. Er war an die Theke gekommen, hatte einen großen Schluck Bier getrunken, sobald er seinen nachdrücklichen Satz beendet hatte, und stellte dann den bayrischen Krug, mit goldener Flüssigkeit schäumend, wieder ab und machte noch ein paar Schritte. Seine glänzenden schwarzen Stiefel donnerten auf dem Boden des Ladens.

Er blieb plötzlich stehen. Wieder gab er ein rücksichtsloses, fast selbstmörderisches Kriterium heraus:

„Ich weiß, was mit unserem Quarterback passiert ist. Ich könnte nachweisen, was passiert ist, meine Herren. Ich konnte jedem sagen, dass Erwin Rommel, unser heldenhafter Großmarschall, für jemanden gefährlich war. Und dieser Jemand hat ihn eliminiert. Der Rest war eine Schande. Sogar Beerdigungen und Gedenkfeiern.

Wieder Schweigen. Stupor, Unglaube erschienen in den Gesichtern der Anwesenden. Jemand warnte:

„Pass auf, Martin. Alles, was Sie sagen, ist sehr ernst. Wenn dich jemand gehört hat...

"Was ist los mit dir?" Karl wandte sich an seinen Partner. Hast du Angst?

"Ehrlich ja.

„Großartig! Wir sind die beste Armee der Welt. Und wir haben Angst zu sprechen, Angst, die Wahrheit zu sagen. Sind wir Soldaten oder kauernde Schlampen?

„Martin, ich glaube, du übertreibst", warnte ein anderer. "Wir alle haben das Ende unseres Chefs genauso empfunden wie Sie. Aber was können wir jetzt tun? Die Division "Panzer Einundzwanzig" wurde von der Verteidigung von Caen bis heute in verschiedene Missionen in Europa zerstreut. Niemand kann das bringen der Marschall wieder ins Leben zurück und die Dinge sind schlimm genug in Deutschland, dass wir Gefahr laufen, dass die meisten von uns wegen angeblicher Verleumdung und rebellischer Äußerungen erschossen oder eingesperrt werden.

"Wir sind verpflichtet, der Wahrheit ins Gesicht zu sehen!" Martin protestierte. „Wir wollen keine Rebellion provozieren, sondern argumentieren, um herauszufinden, was mit Erwin Rommel passiert ist. Wissen, warum und von wem er getötet, zerstört wurde.

Wieder diese angespannte, nervige, beunruhigende Stille. Und wieder eine Stimme, die eines anderen Offiziers der Division «Panzer», der vor Ort anwesend ist:

„Wir alle... wir alle wissen, wer Rommel getötet hat, Martin. Warum darüber reden?

"Warum darüber reden?" wiederholte Karl wütend. Wieso nicht sprechen? Denn der Mörder heißt ... "Adolf Hitler"?

Es war wie ein heftiger Stoß. Von Angst, von Angst, von Unbehagen für jeden einzelnen der Anwesenden. Kapitän Brunner stellte sein Bier ab, stand auf, durchquerte den Raum und verließ das Gelände in völliger Stille. Dann war es Sergeant Wiemar, mit Obbër, Corporal Schultz ... Und so gingen sie alle, einer nach dem anderen, und ließen Karl Martin, den kühnen Offizier der gefährlichen Behauptungen, allein in der Mitte des Raumes zurück.

Aber er war nicht ganz allein. Aus einer entfernten Ecke, hinter den großen Fässern, die am Ende der Brauerei aufgereiht waren, keimte langsam ein weiterer Soldat auf. Mit gemächlichem Schritt näherte er sich Karl. Er sah ihn gleichgültig über seinen Bierkrug hinweg an.

"Gehst du nicht auch, Rudolph?" fragte Karl säuerlich. Wenn dich die Angst packt, gehst du besser mit den anderen weg. Feiglinge ekeln mich an. Und man scheint hier überall von ihnen umgeben zu sein. Dies ist das großartige Deutschland, von dem ein verrückter Mann geträumt hat ...

„Karl, ich spreche mit dir als Freund", seufzte der andere Soldat und stellte seine leere Tasse auf den Tresen. „Als Soldat konnte ich das nicht. Sie sind Leutnant und ich bin Feldwebel. Ich kann Ihnen keinen Rat geben. Aber hören Sie auf den Freund. Auf Rudolph Börn, den Mann.

„Ich höre dir zu, Rudy. Spricht.

" Wiederhole solche Aussagen in Zukunft nicht mehr, Karl. Sie sind furchtbar gefährlich. Nicht nur für Sie, sondern auch für diejenigen, die Ihnen zuhören. Und, wie Sie sehr treffend sagen, nicht jeder hat den Mut, sich den Konsequenzen einer solchen Sache zu stellen. Ich habe keine Angst. Vielleicht weil ich keine Familie habe undSS könnte mich, wenn überhaupt, bestrafen, aber niemals meine Verwandten. Die anderen sind andere Fälle. Sie fürchten um ihre eigenen, Karl.

„Wir sollten Rommel treu bleiben bis zum Tod, oder?

"Klar, Karl. Wir waren und werden es immer sein. Aber es wäre zwecklos, zu reden und zu schreien, laut zu beschuldigen, weil sie uns nicht weitergehen lassen wollten. Der Marschall ist tot. Es gab eine Gelegenheit, ihm zu Hilfe zu kommen" , sogar gegen die Rebellion anzutreten, um sein Leben zu retten, aber es war nicht möglich. Wir wussten nicht, was gegen ihn geplant war, bis es zu spät war. Jetzt können wir Karl nicht mehr zum Leben erwecken. Und wir müssen weitermachen , als Soldaten, die für Deutschland kämpfen.

"Und bei Hitler?" Karl lachte sarkastisch.

"Für Deutschland. Es ist alles "ruhig, der Feldwebel knöpfte seine Tunika zu und nahm die Mütze von einem Kleiderbügel, um sie über seine ergrauenden Haare zu ziehen." Ich möchte Sie nicht in Schwierigkeiten sehen, jetzt, da General von Kelber einen Assistenten sucht." Offizier im Stab der Panzerdivision Einundzwanzig, und Sie haben gute Chancen, diesen Posten zu übernehmen und mit ihm nach Berlin zu gehen.

"Berlin ...', grübelte Karl und presste die Kiefer zusammen. Ich möchte nicht mit Von Kelber nach Berlin gehen. Ich ziehe es vor, hier in Göttingen weiterzumachen.

„Ja, in Göttingen brauchen wir uns alle. Zumal die Alliierten den Niederrhein überquert haben und die US-Twenty-First Army hierher kommt. Diejenigen der Division "Panzer" müssen diese Städte verteidigen, denn sie sind der Zugang zum Inneren Deutschlands ...; aber die Russen drängen auch an der Ostfront, und die neueste Nachricht ist, dass die Sowjets trotz des Widerstands, auf den sie stoßen, nach Berlin vorrücken. Und erst vor einem Monat überquerten sie die Oder südöstlich von Breslau. Es ist schlimm, Karl. Speziell für. Berlin Deshalb versammeln sich dort die Top-Führungskräfte zu einem letzten Versuch ...

"Ich weiß nicht, Rudy..." murmelte Karl und schüttelte niedergeschlagen den Kopf. Ich weiß nicht mehr, was ich von diesem

Krieg halten soll. Zuerst glaubten wir alle, dass es kurz, blitzschnell und triumphierend werden würde. Dass wir für ein neues und besseres Deutschland kämpften. Aber das war am Anfang. Jetzt ... jetzt fühlt man sich fremd über viele Dinge, die einst erhaben erschienen.

" Ich wiederhole, Karl: Reden Sie nicht so. Nicht kommentierennichts. Denken Sie, was Sie wollen, aber drücken Sie es nicht laut aus, ich bitte Sie als einen Freund, der Sie wirklich schätzt.

„Danke, Rudy", er klopfte ihm warm auf den Rücken. Echt steht. Ich werde versuchen, mich zu korrigieren. Sie haben Recht: Wir haben Rommel geliebt. Und wir werden dir dein Leben nie mit Worten zurückgeben. Wir werden seinen Mördern nicht einmal gerecht werden, wer auch immer sie sind ...

„Genau, Karl. Tut mir leid, wenn ich so mit dir gesprochen habe. Ich vergesse nicht, dass ich dein Untergebener bin. Aber ich bin älter als du... und ich glaube, ich habe recht.

„Ja, Rudy. Du hast recht." Karl schüttelte den Kopf. Er sah auf seinen fast leeren Bierkrug. Er warf ihn um und die schaumige Flüssigkeit rann über das glänzende Holz der Theke. „Vielleicht habe ich zu viel getrunken, Rudy.

„Kann sein. Kommst du, Karl?

„Ich gehe sofort", wandte er sich an den Barkeeper. „Ludwing, kassiere mich aus. Und es wird auch für Rudolph berechnet. Was schulde ich dir?

"Es sind elf Mark, Leutnant", lächelte Ludwing Strauss, etwas weniger nervös als zuvor.

"Okay" Karl warf ihm bis zu fünfzehn Mark auf den Tresen. "Rette dir die Abzweigung, Ludwing. Für die schlimme Zeit, die ich dir angetan habe.

"Danke, Lieutenant Martin." Ludwing beugte sich über den Tresen. Und glauben Sie mir, hören Sie auf Ihren Freund, den Sergeant. Wiederholen Sie diese Reden nicht. Hier wird niemand respektiert.

Selbst mein eigener Sohn könnte mich weggeben, wenn er damit der Partei dienen würde. Es ist das, was sie ihnen einflößen.

„Ist Ihr Sohn in der Hitlerjugend?

"Ja, Leutnant. Otmar ist ein Korporal seines Jahrhunderts und so. Sie legen Militarismus ins Blut. Und Nazi-Gedanken unterscheiden nicht genau zwischen einem Fremden und einem Vater oder Bruder, wenn sie eine Tat gegen das Regime anprangern, das wissen Sie.".

„Ja, ich weiß. Nazi-Gedanken unterscheiden nicht einmal zwischen ihren Helden", wenn sie die von der SS oder der Gestapo gezeichneten hinrichten.

Er verließ die Kantine. Sergeant Rudolph wartete bereits am Steuer eines Militärwagens. In der Ferne ertönte das Summen von Düsentriebwerken. Die beiden Männer sahen sich an,

„Ich bezweifle, dass sie einer von uns sind", kommentierte Rudolph Börn harsch. Die "Luftwaffe" ist nicht mehr das, was sie einmal war. Es müssen verbündete Trupps sein ...

Als der Wagen startete, durch die Straßen der Stadt Göttingen, friedlich und provinziell trotz des militärischen Zeichens, das derzeit über sein Leben präsidiert, mit Barrikaden, Schützengräben und bewaffneten Posten an allen Punkten, die auf die unvermeidliche Belagerung der Anglo-Amerikaner warten, die umziehen aus dem Westen, quer durch Deutschland, dumpfe, hallende, noch ferne Explosionen vermischten sich mit dem Schnarchen der Flugzeuge.

„Bombardierung" Karl seufzte „Nein, sie waren keiner von uns, Rudy ...

2

Ludwing Strauss starrte die beiden Männer an, die an der Theke standen. Er hatte ihnen gerade zwei Krüge Bier serviert. Er musterte ihr Aussehen mit einigem Misstrauen. Er mochte keine hermetischen Männerpaare mit Regenmantel oder Mantel, einem umgänglichen Lächeln und einer bürgerlichen Miene, sie waren normalerweise Sonderagenten der Gestapo in einem ihrer finsteren Dienste.

Die beiden sahen danach aus. Sowohl die im schwarzen Mantel und in der Luft montierte Katzen, als auch die im hellen Regenmantel und der Schlapphut, Farbe "beige". Die Tatsache, dass sie ihn nicht einmal ansahen oder Interesse an seinem Establishment zeigten, anstatt ein negativer Hinweis auf eine solche Möglichkeit zu sein, weckte Strauss' Misstrauen zusätzlich.

Sie tranken bereits ihr Bier aus und alles schien zu zeigen, dass Ludwing mit seinen Bedenken falsch lag, als das Befürchtete geschah.

"Viele Offiziere und Unteroffiziere der Division 'Panzer' kommen hierher, nicht wahr?" einer der beiden Männer sprach plötzlich und beugte sich über die Theke, mit der Miene, als würde man ein seltenes Schmetterlingsexemplar studieren. Nur studierte er Ludwing Strauss, und er fühlte sich, als sei er bereits von der tödlichen Nadel des Sammlers durchbohrt worden.

"Nun ja, sie haben immer mein Haus besucht", stimmte Ludwing zu, beherrschte seine Besorgnis und bot sein bestes Lächeln auf dem rundlichen Gesicht, von guter Farbe und strahlend blauen Augen ". Die Armee und ich sind gute Freunde, Sir.

„Ich habe keinen Zweifel", lächelte der andere blass, mit einem eisigen Blick „Gute Freunde, Barkeeper. Sie müssen ein guter Freund eines Militärs sein, der den Führer beleidigt und beleidigt, ohne dass die Behörden es bemerken, richtig ?

Eine tödliche Blässe breitete sich auf Ludwings Gesicht aus, dessen rötliche Wangen die Farbe von Wachs angenommen hatten. Seine Knie zitterten und er musste sich gegen die Theke lehnen, so tun, als würde er die Bierpfützen mit einem Tuch abwischen, um sich wieder aufzubauen und so wachsam wie möglich auf die Ereignisse zu warten.

„Ich fürchte, ich verstehe Sie nicht, meine Herren", argumentierte er sehr gelassen.

„Es nützt nichts, so zu tun, Freund", sagte der Typ im dunklen Mantel und der Brille über der Hakennase kalt. Er erinnerte sich an Himmler, den obersten SS-Chef". Völlig nutzlos. Sein Sohn Otmar Strauss hat bereits denunziert, was mit der Partei passiert. Gestern hörte er die Beamten hier sprechen. Er konnte ihre Namen nicht sammeln, aber er weiß, dass hier Deutschland und der Führer verraten wurden. Es ist genug.

„Mein... Sohn...", keuchte Ludwing. Unmöglich unmöglich!

Die Männer von der Politischen Polizei sahen sich achselzuckend an. Dann drehte sich einer zur Tür um. Dort, blond und rundlich, aufrecht und teilnahmslos, wie ein kleines Ungeheuer, in seiner Hitlerjugend-Uniform, stand der kleine Otmar Strauss mit seinen dreizehn Jahren, seiner militärischen Starre, seinem kalten, unsensiblen Gesichtsausdruck eines süchtigen NSDAP- und Dritten Reich.

Auch Ludwing starrte ihn betäubt an, mit einem erschütterten, verzweifelten Zucken.

"Otmar, Sohn...", flüsterte er. Du, du hättest nicht sagen können ... etwas so Schreckliches.

„Es tut mir leid, Vater", sagte der Junge barsch, direkt militärisch. „Ich bin ein Soldat aus Großdeutschland. Der Führer fordert von mir Disziplin und Loyalität. Ich kann nicht schweigen. Es stimmte. Ich habe von oben, aus meinem Schlafzimmer gehört. Ich habe nicht alles gehört, aber ich habe einen Teil gehört Ich hörte Stimmen ... Sie haben gegen "mein Führer" gesprochen. Verräter, verräterische Hunde alle! Nichts geht gegen dich, Vater. Du redest. Nenne Namen. Sie werden dir helfen.

"Ja, Strauss" lächelte gutmütig, der im Regenmantel. "Mein Name ist Veit Horsmeyer von der Geheimen Staatspolizei. Ich verspreche Ihnen, Ihnen zu helfen. Sie müssen nicht für die Schuld anderer bezahlen. Er hätte unsere Abteilung "sofort" informieren sollen. Aber Ihr Sohn hat es getan, und wir können es sein Sie herablassend, solche Umstände ignorieren und Sie zum Berichterstatter machen. Nennen Sie mir Namen, Strauß, und ich habe nichts zu befürchten. Zu gegebener Zeit werden Sie in die Gestapo-Stelle gerufen, um den Angeklagten zu identifizieren, ohne dass sie Sie sehen, und das wird es sein.

Der Göttinger Brauer hatte eine tragische Schwankungsbewegung. Von diesem Moment hing das Leben seiner Klienten ab, Militärs wie Karl Martin. Die Gestapo-Männer verbeugten sich eifrig und warteten auf seine klärenden Worte.

Aber Ludwing Strauss richtete sich hinterher auf und sah sie kalt an. Er sprach scharf:

„Ich weiß nicht, wovon sie reden. Weder Sie noch mein Sohn. Ich habe in meiner Brauerei nie etwas Subversives gehört. Jetzt bitte ich Sie, wegzugehen.

„Sie sind sehr tapfer, Herr Strauss. Oder sehr albern ", der in der schwarzen Mantelsilbe". Ich verspreche Ihnen, wie mein Partner Horsmeyer, Ihnen zu helfen, wenn Sie ehrlich sind. Wenn nicht ... kann niemand etwas für Sie tun.

Ja wenn wir gehen, kommst du mit.

„Komm schon, Vater", sprach der Junge mit einem Schmunzeln. "Reden Sie jetzt. Sie sind ein guter Patriot wie ich. "Heil, Hitler!" Sie können mich nicht im Stich lassen, oder, Papa?

Anstößig wütend zog Strauss seine Arbeitsschürze aus, als er die unbeteiligten Namen der Gestapo-Namen sah. Dann, ganz langsam, warf er seinem Sohn einen Blick zu und erklärte:

„Du hast mich schon genug im Stich gelassen, Sohn. Kommen Sie, meine Herren. Bring mich zum Schlachthof wie so viele andere. Ich bin bereit.

"Strauss, mach diesen Fehler nicht", warnte Horsmeyer. In den Büros angekommen, wird es keine Lösung geben ... Weder wir noch sonst jemand werden Sie da rausholen können.

"Du denkst, ich weiß es nicht?" Das traurige Lächeln von! Brauer hatte einen erbärmlichen Unterton ". Gehen Sie geradeaus. Opfere noch einen anderen.

"Bist du verrückt, Strauss? Dieses Amt! Der, der gesprochen hat! Ein Name ... und du wirst frei sein! Niemand denkt daran, dich zu stören! Er hat einen Sohn in der Jugend und ...

„Ich glaube nicht, dass ich Kinder habe", sagte Ludwing kalt und sah das Kind an. Sie haben es mir vor langer Zeit weggenommen, als Sie Ihrem Gehirn eingeflößt haben, dass Deutschland nur groß sein kann, wenn es Eltern, Kinder oder Brüder zum Wohl der Partei nicht respektiert. Wohin sollen wir mit diesem Apostolat gehen? Glaubst du, Gott wird sein Gesicht nicht mit Scham bedecken, wenn er sieht, dass wir, seine Geschöpfe, in der Lage sind, uns selbst so sehr zu erniedrigen?

"Strauss, hör auf zu reden!" Horsmeyer warnte kalt. Es geht verloren!

„Ich bin schon verloren. Aber kein Name wird von meinen Lippen kommen. Noch nie.

"Sei nicht so sicher" lachte der im schwarzen Mantel. Die Gestapo hat die Mittel, um jeden zum Reden zu bringen ... selbst den Widerstrebendsten. Er wird es sagen, ohne es zu merken ...

"Nein!" Und plötzlich flog eine von Ludwings massigen Händen zu einem riesigen leeren Bierkrug, der mehr als fünf Liter der goldenen Flüssigkeit in seiner dicken glasigen Form fassen konnte, und feuerte damit auf den Schädel, von dem er sprach. .

Es war ein brutaler Schock für den Tempel. Der im schwarzen Mantel hatte mit erstaunlicher Geschwindigkeit eine Waffe gezogen;

aber das schwarze, gebläute »Luger« sprang ihm aus den Fingern, als der Behälter ihm ins Gesicht und in die Schläfe krachte und mit einem trockenen Knacken knackte.

Der Mann rollte so trocken wie der Schlag des Krugs zu Boden.

Ludwig sprang mit einem sauberen, flinken Sprung von der Theke und rannte zur Tür. Sein Sohn versuchte, ihn aufzuhalten, und er wurde gestoßen, heftig gegen einen Tisch und einige Stühle geschleudert, während sich sein Vater schwindelerregend nach draußen warf.

"Halt!" Horsmeyer warnte. Stoppen oder schießen! Tu das nicht, Strauß!

Der Brauer hörte nicht auf. Der ungleiche Gestapo-Mannoder.

Es war ein einziger Schuss. Ludwig blieb abrupt stehen, stolperte nahe der Schwelle und drehte sich um, als sein Rücken blutüberströmt war. Er grinste Horsmeyer an und tastete nach einer Bierflasche aus einem Regal, um sie seinem Feind zuzuwerfen. Horsmeyer drückte wieder ab.

Diesmal traf die Kugel Strauss in den Magen. Hustend krümmte er sich. Er rollte auf dem Boden. Schließlich blieb er keuchend stehen und verschüttete etwas Rotes und Dickes auf die Fliesen der Brauerei. Das Kind, sprachlos, seine blauen Augen vor Entsetzen geweitet, sah seinen liegenden Vater an. Dann ging sie zitternd mit unsicheren, zögernden Schritten auf ihn zu, während die hellen, fanatisch hellen Augen des von politischen Ideen gealterten Knaben von etwas Menschlichem, Erbärmlichem, Entsetztem und Ungläubigem gedämpft wurden.

„Vater...", grübelte er. Papa...!

"Nein... sie können nicht... die Wahrheit aus mir herausbekommen", keuchte Ludwig am Boden. Sie können es nie tun. Nicht einmal die Gestapo, mein Herr ... Horsmeyer ...

Der Erwähnte spitzte trotzdem seine dünnen Lippen vor Wut. Strauss' bevorstehender Tod schien ihn mehr als alles andere wütend zu machen.

Strauss' Junge ließ sich neben seinem Vater nieder. Er schluchzte und flüsterte:

„Warum, Papa… warum? Du musstest nur … einen Namen nennen … Genau das! Ich wollte nicht … ich wollte nicht … verletzt … verletzt …

Ludwig starrte ihn an, sein Gesicht bereits von den tödlichen Schatten verzerrt.

„Das wird dich lehren, mein Sohn …, die Nazi-Doktrin nicht über deine menschlichen Gefühle zu stellen. Niemand sollte … die eigenen anprangern, weil die Partei es verlangt …

Seine Augen schlossen sich. Er war gestorben. Der kleine Otmar stand schluchzend über der Leiche. Horsmeyer wandte sich seinem Partner zu und beugte sich über ihn. Ein Rinnsal Blut floss aus seiner Nase. Er hatte eine gelbe Farbe im Gesicht. Er war so tot wie der Brauer. Der Aufprall des Krugs war tödlich gewesen.

"Verdammter Strauss…", murmelte der Gestapo-Mann. "Verdammt dumm…

* * *

«Der von General von Kelber persönlich gewählte Leutnant Karl Martin der Division «Panzer 21» wird sich der Gruppe der direkten Mitarbeiter und Sonderassistenten des Generals bei Mühlhauser anschließen, um nach Berlin zu gehen, wo der General zum Alto-Generalstab der Das Dritte Reich. "

Das sagte der Versand erhalten. Karl Martin spitzte die Lippen und zog sie wütend zurück, nachdem er es noch einmal gelesen hatte. Hinter ihm knarrte das Boxspringbett, als Roszy aufsprang.

"Was ist neu, Liebes?" fragte die junge Frau und summte "Lili Marlen" vor sich hin.

„Nun … ja, ja", gab Karl geistesabwesend zu. Ich glaube, ich mache eine Reise, Roszy.

"Auf einer Reise!" Sie stürzte über ihn hinweg, drückte ihn mit einer heftigen, intensiven Umarmung, die ihre prallen Frauen an die Leiche des jungen Offiziers klebte." Karl ... gehst du an die Front?

„Es ist möglich. Ich fahre nach Berlin.

"Berlin!" Roszy flippte aus. Berlin ... Das ist die Front, Karl!

„Ja. Berlin ist schon Ostfront", stimmte er zu. Anscheinend gehe ich aber nicht in die Schützengräben. Noch nicht. Ich gehe mit dem Generalstab.

„Trotzdem, Karl... ich habe Angst. Ich will nicht allein in Göttingen bleiben!

„Es tut mir wirklich leid, Roszy. Ich kann nichts tun. Ich bin Soldat und muss Befehle befolgen. Heute morgen stelle ich mich General von Kelber vor.

„Karl ... Karl, ich würde gerne mit dir gehen.

„Das ist unmöglich, Roszy.

„Liebling, ich würde dich nicht behindern. Ich habe Familie in Berlin, eine Cousine, die als Kellnerin in einem Außenministerium dient und ...

„Tut mir leid, Roszy. Das kann nicht sein, versteh es.

"Wird es ein 'später' geben, - Karl?" Fragte das Mädchen mit plötzlichem Ernst.

Karl antwortete im Moment nicht. Wenn es ein unbeschwertes, leichtfertiges Mädchen gab, das sich nie ernsthaft äußerte, dann war es Roszy Polman. Jetzt schien sie sich plötzlich über etwas Sorgen zu machen, und ihre übliche Oberflächlichkeit wich der Angst, einer latenten Anspannung. Etwas, das vielleicht schon immer existierte und das sie mit ihrer Frivolität, ihrer Sorglosigkeit, ihrer intensiven und unmoralischen Lebens-, Gefühls- und Liebesart zu bekämpfen versuchte ...

„Ich weiß es nicht, Roszy", sagte er nach einem Schweigen. Ich weiß nicht, ob es ein "später" geben wird oder nicht. Niemand kann heute etwas wissen, meine Liebe ... Auch nicht, wenn es morgen existiert.

"Karl, ich habe Angst...

„Wir haben alle Angst", seufzte Karl und kniff die Kiefer zusammen. „Und manchmal wissen wir nicht einmal warum...

Er zog die Tunika an und knöpfte sie zu. Dann blickte er durch den Fensterspalt auf die Stadt hinaus, die nachts im Schatten lag, um den Zielen der alliierten Luftfahrt bei ihren immer häufigeren Bombardements auszuweichen.

"Kommst du heute Abend auch nach Hause?" fragte sie leise.

"Ich muss es tun. Es ist schon vier Uhr morgens, Roszy. Um sieben Uhr muss ich in der Kaserne sein und das Büro von General von Kelber vorstellen, um einen Militärtransport nach M . zu bringenoderhlhausen. All dies ist dringend, Sie haben es bereits in der Kopfzeile der Sendung und in dem Umschlag gesehen, in dem sie mir zugestellt wurde. Vertrau mir, dieser hastige Marsch tut mir genauso leid wie dir, Roszy. Ich bin aufrichtig, wenn ich dir sage, dass ich dich mag und dass du ein charmantes Mädchen bist, ein idealer Begleiter ...

"Der ideale Begleiter für die Stunden eines Soldaten, der nie weiß, wann seine glückliche Zeit zu Ende geht, oder, Karl?" Sie sprach mit dem Wunsch zu lächeln und war überraschend bitter: "Nur das, nicht das Mädchen, das man heiraten würde. ..

Karl sah sie ernst an. So schien Roszy, halb angezogen, mit ihren Formen und der Arroganz einer Frau voller Sinnlichkeit, genau das, was sie sagte. Es war das Bild des Mädchens in ihrer Freizeit, das ihre Zeit und ihre Liebkosungen an die Männer verkauft, die Krieg führen. Für Karl war es etwas mehr. Und er sagte es kurz und bündig:

„Es wird diejenigen geben, die so denken können. Ich, nein, Roszy. Ich schätze dich auf eine andere Weise. Ich denke, du hast etwas Wunderbares, das die Zeit verfliegt. Wenn dies passiert und es nur eine schlechte Erinnerung ist, wie die, die einen Albtraum hinterlässt, werden Sie und ich darüber sprechen ..., darüber. Heiraten ...

"Karl!" sie weitete ihre klaren, schönen Augen. Sie sah ihn fassungslos an. Sie meinen das nicht ernst, oder?

"Was denkst du?

„Nein, natürlich", lachte er, als wolle er weiterhin oberflächlich sein und vergaß die plötzliche Intensität seiner Unterhaltung, die normalerweise leicht und bedeutungslos war. Vergessen Sie jetzt Hochzeiten und all das. Er hat Witze gemacht

"Rossy...

„Ich habe Witze gemacht, ich habe es dir schon gesagt. Ich möchte Sie bitten, meine Cousine Erika zu besuchen, wenn Sie in Berlin sind, wenn Sie können. Er wohnt in der Friedrichstraße, nahe der Brücke ...

„Klar, sicher werde ich sie besuchen. Gib mir deine Adresse und ich...

Es wurde unterbrochen. Die Türklingel zur Wohnung hatte gerade geklingelt. Roszy fuhr zusammen und richtete sich auf. Er sah Karl an.

„Sie haben angerufen", kommentierte er.

„Ja, das ist mir aufgefallen", zuckte er mit den Schultern. Vielleicht haben sie sich geirrt...

"Um vier Uhr morgens?" Die Bodenglocke läutete erneut. „Wartest du auf jemanden, Roszy?

"Ich nicht...

„Es ist komisch..." Er machte ein paar Schritte auf die Tür zu, die das Schlafzimmer mit dem Schrank und letztere mit dem Flur verband. An der Wohnungstür bestand nach einer kurzen Pause das vibrierende Geräusch der Türklingel. Irgendwo, weit weg von der Stadt, dröhnte die Artillerie wie ein schockierender und unheilvoller Kontrapunkt ". Sehr seltsam, Roszy.

„Warte, Karl. Ich werde sehen, wer es ist ...

Sie ging zur Tür. Abrupt, als hätte er etwas falsch gespürt, drehte er sich aus den Schatten von! Kabinett, starrte den jungen Offizier an und murmelte:

„Wenn etwas passieren sollte, Karl ... denk daran, dass es noch einen anderen Ausweg gibt: Das Küchenfenster geht auf die Terrasse. An der Wand ragt ein sehr widerstandsfähiges Wellrohr empor. Er hat einige

Schönheitsfehler, die ein Jude, den ich einmal gemietet hatte, schon benutzt hat. So entkam er der SS. Das Dach des Hauses grenzt an ein weiteres Gebäude und der Zugang ist leicht. Dieses Gebäude hat einen Ausgang zu einer anderen Straße.

"Warum erzählst du mir das, Roszy?" Er sprach mit fester Stimme. Ich bin Offizier in der Reichsarmee, kein verfolgter Jude ... Hier soll bis zum Eintreffen der Alliierten keine Gefahr auf mich lauern.

"In unserem Deutschland heute, Karl ... niemand weiß, wann und wo die Gefahr liegt", seufzte Roszy schließlich und ging zur Tür, als ein längeres Klingeln an Karl Martins Nerven zerrte.

Er hörte, wie sie die Tür öffnete. Mechanisch legte er seine Hand auf das Holster seines Holsters. Dann schob er es beiseite und sagte sich, es sei eine lächerliche Tat. Wie kann man als Angehöriger der Nazi-Armee im eigenen Land etwas fürchten? Es war in der Tat absurd.

"Guten Abend, 'Fräulein' Polman", hörte er eine cremige, süße Stimme begrüßen, die ihn, ohne die Ursache zu kennen, ekelte. " Spätoder du hast mir sehr geantwortet...

" Es ist wahr. Ich dachte nicht, dass du es eilig hast,Herr. Wer sind Sie?

„Mein Name verrät Ihnen nichts: Mein Name ist Veit Horsmeyer. Bist du allein?

„Natürlich nicht. Ich bin mit einem Mann zusammen. Ist das ein Verbrechen?

„Ich habe nicht gesagt, dass es ein Verbrechen gibt. Ich glaube nicht einmal, dass ich gesagt habe, dass ich Polizist bin.

"Aber es ist.

Sehr klug, Fräulein Polman. Ich kann passieren?

"Bist du ein Polizist?

"Ja" seufzte die Stimme. Geheime Staatspolizei.

Karl erschauderte. Selbst die Deutschen erschreckten diese Erwähnung: "Geheime Staatspolizei" ... "Geheime Staats-Polizei". Mit den ersten drei Silben verbunden, "Gestapo". Sie kamen nie für etwas

Gutes. Spione, Regimefeinde, Juden, Trias und nervenaufreibende Ermittlungen ... Die Gestapo. Warum suchte er Roszy?

Er ging zum Schrank, während das Gespräch im Flur weiterging. Als hätte Roszy seine Gedanken gefangen, stellte er eine Frage:

„Warum kommen Sie um diese Zeit zu mir nach Hause, Mr. Police?

„Bitte nenn mich nicht so. Ich mag es nicht", sagte Horsmeyer mit cremigem Akzent. Ich bin Horsmeyer, denk dran...

„Nun. Was suchen Sie hier, Herr Horsmeyer? Ich habe keine Konten bei der Polizei.

„Natürlich nicht. Das habe ich nicht gesagt, Fräulein" Polman. Mit welchem Mann bist du zusammen?

„Mit mir, Herr Horsmeyer", blaffte Karl, als er auf der Schwelle von Roszys kleinem Flur erschien.

„Oh, Leutnant ...", wandte sich der Agent der Geheimen Staatspolizei um und fixierte ihn mit seinen kalten, spöttischen Augen. „Schön, Sie kennenzulernen. Leutnant Karl Martin?

Karl kniff die Augen zusammen, hart, ohne sie vom Besucher abzulenken.

"Die Gestapo weiß alles, oder?" Er zischte unfreundlich.

"Fast alles, 'Herr' Martin", lachte Horsmeyer wohlig. Sie hingegen ignorieren vielleicht Dinge ...

„Ich habe kein Interesse daran, etwas anderes zu wissen als meine Pflicht als Soldat,

"Es ist eine Schande. Sie wissen vielleicht Dinge, die Sie interessieren. Dinge seiner Freunde ...

„Meine Freunde? Welche Freunde? Worauf bezieht er sich?

Erstens, Lieutnant, ich komme nicht um diese Stunde hierher, um die unbestrittenen Reize von „Fräulein" Polman zu sehen, sondern um „Sie" zu sehen.

"Mich?" Karl zog die Augenbrauen hoch, während Roszy, etwas blass, sich mit einer Hand vor den Mund hielt, als wollte sie einen

Schrei der Angst, der latenten Sorge, unterdrücken. Warum, Herr Horsmeyer? Ich fürchte, ich verstehe das alles nicht...

„Sie werden es sofort verstehen. Ein Freund von ihm ist gestorben.

"Tot?" Karl zuckte mit einem bitteren Stirnrunzeln sanft mit den Schultern. „Heutzutage sterben so viele, Herr Horsmeyer.

„Dieser Freund war kein Soldat. Er war Brauer: Er hieß ... Ludwig Strauss.

Karl verlor etwas Farbe. Ein Schauer lief ihr über den Rücken. Ernst und gelassen betrachtete er den lächelnden, spöttischen Mann in einem leichten Regenmantel und einem Schlapphut, der ihn anstarrte, wie ein Entomologe ein seltenes, begehrtes Insekt betrachten würde.

„Ludwig...", murmelte er heiser. Es tut mir leid. Er war ein guter Mann, was ist mit ihm passiert?

„Ich habe ihn getötet", erklärte Horsmeyer eisig.

„Sie!" Die Augen des Leutnants blitzten, er sah den Gestapo-Mann entsetzt an. „Sie haben ihn getötet... und Sie geben es so zu, so kalt, warum?

„Er war hartnäckig. Er wollte nicht sprechen. Sein Sohn ist ein stolzer junger Nazi. Er erfüllte seine Pflicht, über die Geschehnisse in der Brauerei zu berichten. Weißt du, Martin. Das Gespräch zwischen mehreren Offizieren der Division "Panzer 21", loyal zu Erwin Rommel. So loyal, dass sie in Subversion gingen. Diese Verrückten verstehen das nicht...

„Ich gehöre auch zum Geschäftsbereich ‚Panzer', Herr Horsmeyer.

„Ich weiß, ich weiß. Deshalb bin ich hier", lächelte er verschmitzt. Ludwig war kein guter Patriot. Er hat sogar meinen Partner Helm tödlich geschlagen. Schlechtes Geschäft, Leutnant. Sie hätten ihn erschossen, wenn ich nicht getötet hätte er, als er versuchte zu fliehen. Niemand entkommt der Gestapo. Sie wissen es, oder?

„Besonders" Karls Zähne knirschten", was willst du von mir?

„Die Wahrheit, Lieutenant Martin. Nur die Wahrheit "verengte seine Augen, ätzend." Ich verlange sehr wenig von Ihnen, nicht wahr?

Sie waren bei diesem Treffen, ich weiß. Sie ... Sie werden wissen, wer schlecht über unseren Führer gesprochen hat, der seine ruhmreiche Person mit Beleidigungen und Phrasen eines Rebellen, eines Aufrührers, eines Deutschlandfeindes befleckt hat ...

"Und ... wenn ich dir sagte, dass ich nichts gehört habe, dass ich nicht in einer solchen Versammlung war ...

„Ich weiß, ich würde lügen. Ich würde ihn verhaften lassen, um in unserem Quartier zu sprechen.

"Nein, nicht das!" Roszy keuchte entsetzt und lehnte sich mit einer zitternden Geste an ein kleines Möbelstück im Flur. Die Gestapo ... "Nie." Niemals, Karl...

"Wir scheinen einen sehr schlechten Ruf zu haben", lachte der Agent der Geheimen Staatspolizei mit einem säuerlichen Lachen.". Sehen Sie, Leutnant. Warum sprichst du nicht jetzt und sagst mir, wer so gesprochen hat? Ich bitte nur darum. Du bleibst bei deinem kleinen Freund und ich gehe. Ich lasse dich allein. Das ist alles.

"Alles?"

"Ich würde einen jungen Offizier mit einer glänzenden Zukunft nicht unnötig stören, behauptet der Generalstab, Leutnant Martin,

„Kennst du das auch?

„Wir wissen alles.

"Dann musst du wissen, dass meine strahlende Zukunft sein wirdzu eine Platte oder ein Konzentrationslagerodern, ich weißñoder Horsmeyer. Es ist das Schicksal aller Deutschen. Wir sindzun zerquetschen. Wir kommen nicht über 1945 hinaus, nicht einmal das erste Semester, das wissen Sie. Oder ignoriert die Gestapo das? Wir stehen am Rande einer Niederlage, einer Katastrophe. Und Sie setzen sich dafür ein, Deutsche zu töten, anstatt das mit Amerikanern, Engländern oder Russen zu tun.

Horsmeyer beschuldigte den Schlag. Wütend spitzte er die Lippen. Er richtete sich gereizt auf und antwortete bösartig:

»Hören Sie auf, gefährliche Anschuldigungen und defätistische Unterstellungen zu machen, Lieutenant, und reden wir ein für alle Mal. Wer von seinen Kameraden in der Division "Panzer 21" behauptete sich so des Reichsverrats schuldig?

„Ich kann Ihnen sagen, dass ich keine Ahnung habe. Ich weiß nicht.

„Ich würde lügen. Ich wollte Ihnen nicht glauben, Lieutenant Martin. Die Person ist bekannt.

„Was ist, wenn ich ihm sage, dass ich es weiß... aber ich werde es nie verraten?

„Er würde sich als ebenso unintelligent erweisen wie sein Freund Ludwig. Wir bringen alle zum Reden.

"" Karl, sag es ... Sprich, wenn du weißt, "Roszy flehte." Lass dich da nicht mitreißen...

"Welcher Schmerz erwartet die Schuldigen?" - fragte ruhig, kalt, Karl Martin.

„Der Tod natürlich. Schießen wegen Hochverrats und Umsturz des Führers.

"Nun. So sehr wollte ich wissen" er schürzte die Lippen, holte tief Luft, stieß die Luft aus, er gab seine Offenbarung frei: Ich bin es, Herr Horsmeyer. Ich sprach schlecht gegen den Führer, gegen das Reich gegen all das Fäulnis und Aas, das uns umgibt und das uns dumm und grausam vor den Verbündeten fallen lässt.

"Leutnant Martin!" Heulte Horsmeyer, fahl. Ist Ihnen klar, was Sie sagen?

„Ich wiederhole, was ich schon tausendmal gesagt habe: Sie haben Rommel ermordet. Sie wollen keine mächtige und loyale Armee, kein edles Militär oder Menschenwürde. Ihr dreckigen Nazis wollt doch nur ein egoistisches Deutschland, das in den Abgrund geworfen wird und bei der Anstrengung jeden opfert ...

"Leutnant Karl Martin!" Horsmeyer mischte sich ein und zog schnell einen „Luger" aus seinem Trenchcoat. "Im Namen "meines" Führers, nimm mich gefangen. Er wird als Reichsverräter angeklagt.

Gib mir deine Waffe und versuch nichts. Unten erwartet mich ein Streifenwagen voller Polizisten, und ich ...Tu das nicht, Dummkopf!

Das schrie er und drehte sich zu Roszy um, die plötzlich in die kleine Schublade neben dem Schrank gegriffen hatte und eine kleine automatische Pistole herauszog.

Die Geste von Hitlers listigem Polizisten wurde nicht beachtet. Horsmeyer, der Roszys bewaffnete Hand heben sah, schoss darauf, ohne einen Moment zu verlieren. Roszy wiederum schoss, als er schon die Kugel vom "Luger" in die Brust bekam, über sein Herz.

3

"Roszy nein!" Karl keuchte vor Angst, als sich die beiden Schüsse trafen.

Er sah das schöne Mädchen schaudern, über dessen „Ich habe aus dem Gleichgewicht geraten" das Blut über die Üppigkeit ihrer linken Brust strömte. Er begann zu bröckeln, während Horsmeyer, der versucht hatte, seine Waffe schnell auf den Offizier zu richten, von Roszys Kugel überrascht wurde, die ihn in die Schulter traf. Er zögerte und wollte die Waffe fallen lassen. Karl zog schnell seine eigene Pistole. Er feuerte einmal, unerbittlich.

Das Herz des Gestapo-Mannes, das aus nächster Nähe von dem Projektil getroffen wurde, funktionierte nicht mehr. Horsmeyer brach zusammen, schlug zuvor gegen die Wand und küsste dann den Boden.

Karl rannte zu Roszy, deren Herz zeitweise stehen blieb, wohl indirekt von der Kugel getroffen. Sie hatte nur noch Zeit, totenblütig, zu murmeln und zeigte auf die Rückseite des Hauses: ~ Lieber ..., lauf weg ... Das ... Fenster ... zum Patio. Wenn sie aufsteigen ... und dich finden ... werden sie dich töten. Lass ... sie glauben ... dass ich ... diesen ... Hund ... rro ... getötet habe.

Er lag im Sterben. Karl hörte das Rollen der Stiefel auf der Straße, raue Stimmen, schnelle Schritte die Treppe hinauf. Er zögerte nicht länger. Er beugte sich herunter. Er küsste Roszys Lippen, die sich für ihn geopfert hatte. Er murmelte heiser:

„Eines Tages ... fahre ich zurück nach Göttingen ... und ich werde dich suchen, um dir für alles zu danken, Roszy ...

„Schnell! Such mich dann... im Zement... Karl...!

Sie keuchte verzweifelt. Sie versteifte sich. Karl ließ sie sanft los, einen weiteren Kuss auf die Lippen. Das Letzte. Roszy war tot. Der junge Offizier steckte seine Waffe in das Holster, schnappte sich Cape und Mütze und rannte nach hinten. Kurz darauf klopfte es an der Wohnungstür.

Karl betrat die Küche, spähte in den dunklen Innenhof und sah die geriffelte Rinne, die in den Höhen der Kabine verschwand, und es roch nach frittiertem Essen und Müll. Schnell ging er auf die Fensterbank hinaus. Er begann die Rinne hochzuklettern. Es stimmte, dass es Kerben oder Vertiefungen hatte, um mit einiger Leichtigkeit zu klettern.

In Roszys Haus fehlte jede Spur von dem Mann, der die Nacht mit ihr verbracht hatte. Die Polizei würde nur langsam annehmen, dass es eine dritte Person in dem Drama gab. Und selbst dann, wenn Horsmeyer wie alle Geheimen Staatspolizeibeamten gehandelt hätte, wüsste niemand außer ihm selbst, wen sie suchten, und Karl Martin wäre damit nichts zu tun.

Alles bestand darin, dass er fliehen konnte, auf dem Dach des Gebäudes ankam und von dort zum nächsten, um die Durchsuchung der uniformierten Agenten des Kommandanten des niedergeschlagenen Horsmeyer zu vermeiden ...

Roszy hatte sich geopfert, um ihr Leben zu retten. Es wäre dumm und nutzlos gewesen, dort neben seiner Leiche zu bleiben, um sich auffangen zu lassen. Dafür hat sie ihre heroische Entscheidung nicht getroffen. Er konnte es auch nicht wieder zum Leben erwecken, indem er blieb, um nutzlos zu sterben.

Deshalb ist er geflohen. Deshalb suchte er angesichts einer grotesken, halluzinatorischen Situation nach dem Weg der Erlösung. Er, ein deutscher Soldat, ein Offizier seines Landes und vor allem Deutschland liebend ..., musste vor der Polizei seiner Heimat fliehen, vor seinen eigenen Vorgesetzten, als vor dem Wissen, dass er der Mann war, der Horsmeyer tötete und zu seiner Verteidigung sprach der Erinnerung und des Geistes Rommels, er würde von der SS ermordet werden

Auf der anderen Seite wurde Leutnant Karl Martin von General von Kelber aufgefordert, sich ihm in Mühlhausen anzuschließen und von dort nach Berlin, der Hauptstadt des Dritten Reiches, die vom russischen Vormarsch bedroht war, und das Hauptquartier aller Häuptlinge und großen Hierarchen der das Regime.

Wenn in nächster Zukunft jemand mit dem anderen verband, dem auserwählten Martin, mit dem rebellischen Offizier der Nazi-Doktrinen, wäre sein Leben nichts wert. Und er würde Berlin nie lebend verlassen.

Obwohl Karl, als er das Dach erreichte, nach dieser Abfolge von Gedanken fragte, ob es in der gegenwärtigen Situation wirklich die geringste Chance gab, Berlin unter allen Umständen lebend zu verlassen.

Seine Antwort könnte düsterer nicht sein...

$$* * *$$

Bei dem Militärtransport handelte es sich um eine "Focke-Wolfe", die von Mühlhausen aus das vom Führerhochstab dringend benötigte Militärpersonal in die deutsche Hauptstadt transportierte.

Eine Eskorte von mehreren Jägern, "Stukas" und "Messerschmitt", begleitete den Transportapparat in Erwartung eines alliierten Luftangriffs. Die Einfälle in Deutschland waren nun konstant, und sowohl an der Ost- als auch an der Westfront rückten die angloamerikanischen und russischen alliierten Truppen in unerbittlichem Griff vor und drohten, die stolze Hitler-Festung endgültig zu ersticken, die unter der Feuerlawine, den Granatsplittern, zerbrochen und ins Stocken geraten war , Männer und Material von beiden Fronten auf die unsichere Verteidigung Deutschlands. Die von Hitler geschaffene Kriegsmaschine begann durch den Aufprall des Gegners auf ihre massive Struktur zu kreischen, zu verrosten und abzubrechen.

Auf dem Berliner Flughafen, gespickt mit Kanonen, Flak-Batterien und Truppen auf dem Schlachtfeld, hatte es kurz zuvor geregnet und die Pfützen auf dem Asphalt wirkten etwas Traurig-kaltes, spiegelten den grauen, bewölkten Himmel über dem einstigen stolzen Deutschen

Hauptstadt. Ringsum die Krater der Bomben. Und weiter weg die schrecklichen, Dantesken Straßenstümpfe, die Deutschlands städtische Pracht waren und die jetzt nur noch Ruinen, Schutt, eingestürzte Mauern waren; eine chaotische Welt, kurz gesagt, ständig von Flugzeugen, schwerer Artillerie aller Art, in einem unaufhaltsamen Regen der Zerstörung gehämmert.

Hinter dem Rücken von General von Kelber blieb Karl Martin auf den Stufen des Flugzeugs stehen.

Mehrere Flugzeuge verließen zu diesem Zeitpunkt Berlin in einer der seinen diametral entgegengesetzten Richtung.

"Wohin gehen die?" Von Kelber fragte einen Hauptmann der Luftwaffe.

„Ich weiß es nicht, Sir. Sie sind hohe militärische Führer. Sie scheinen auch anderswo in Deutschland wichtige Geschäfte zu haben. Und das alles weit weg von Berlin", schloss er mit einer gewissen Ironie in seinem Ton.

»Ihr feigen Ratten ...«, zischte von Kelber und humpelte angeblich, da er sich während der Schlacht um Frankreich eine Schusswunde am rechten Knie zugezogen hatte. "Sie beginnen, das Schiff zu verlassen ...

"Sinken" fügte er nicht hinzu. Aber Karl war sich sicher, dass sie das dachte. Und wie er alle anderen. Offensichtlich gingen viele "Big Shots" des Nazismus, die bombastischen, martialischen Bosse, die lebhafte, feurige Reden hielten, um das deutsche Volk dumm und fiebrig zu halten, auf dem Höhepunkt des Augenblicks vor dem Brennen davon. Zumindest in diesem Sinne verdiente ein Mann wie von Kelber allerlei Respekt, der in den schlimmsten Momenten mit bewundernswerter militärischer und patriotischer Gesinnung nach Berlin kam.

"Wie nah sind die Russen, Captain?" Fragte der General mit einem gewissen Sinn für Humor, bevor er in den langen, dunklen Panzerwagen einstieg, einen "Mercedes" mit amtlicher Zulassung, der vor dem Flughafen auf sie wartete.

Ja der Luftwaffenoffizier antwortete mit einem leicht säuerlichen Stirnrunzeln nur und wich dem Blick des Generals aus:

„In Berlin kursiert ein Witz, Herr Al, der fragt: ‚Wo sind die Russen schon?' Sie haben noch ein paar Schritte gemacht ... »

„Ich verstehe. Sie haben es eilig, nicht wahr?" Von Kelber runzelte die Stirn unter seinen weißen Haaren. Er sah viel älter aus, als er gerade Mühlhausen verlassen hatte. Es war verständlich. Die Vision vom heutigen Berlin present würde jeden altern lassen. Sogar Karl spürte ein seltsames Gewicht in der Magengrube und ein stechendes Gefühl durch sein ganzes Wesen. Schweigend folgte er seinem Chef in den schwarzen "Mercedes", den der Heichstag-Fahrer durch das erbärmliche, schaurige Netz der Toten, der Stillen, fuhr , kaputte Straßen von Berlin im April 1945 ...

Dort war das Donnern der Kanonenschüsse viel angespannter, quälender in seiner eigenen Stille, in seiner unwirtlichen Stille, fast wie eine Mondlandschaft. Schwarze Fahnen, Hakenkreuzkreuze, Symbole des Nationalsozialismus, die sich weigerten, von der alliierten Artillerie beider Fronten zerschlagen zu werden, wehten noch immer über bröckelnde Mauern und rissige Gebäude, ohne Nachbarn.

Aber dort starb etwas. Etwas starb langsam und unaufhaltsam. Mit einer Langsamkeit Vorbote einer bevorstehenden, tödlichen, unversöhnlichen Eile. Es wäre wie der tragische "Sprint" des Berliner Todes.

Karls Augen betrachteten das stolze Erscheinen des Alexanderplatzes, den zerstörten Zaun des Brandenburger Tors, die gebrochene architektonische Pracht der "Reichsmark" oder die großen Alleen der Innenstadt, auf einer dänsischen und schrecklichen Reise, inmitten der Stille der of Schutt, der abgerissenen Gebäude, von denen einige noch rauchen. Ein unendlicher, entsetzlicher Schmerz, der Schmerz des Mannes, der sein eigenes Land sinken sieht wegen denen, die es groß machen wollten, erreichte die Tiefen seines Wesens.

„Armes Berlin", flüsterte er. Armes Berlin...

General von Kelber drehte sich um und sah ihn mitfühlend an. Er nickte:

„Ja, mein lieber Leutnant. Armes Berlin ... und wir alle arm, wenn die Russen nicht in der Oder eingeschlossen sind ...

So wie er es sagte, vermutete Karl, dass die Hoffnungen des Generals in dieser Hinsicht nicht gerade groß waren. Hinter den Fenstern des Mercedes herrschten weiterhin Ruinen, Verwüstung, Zerstörung und Chaos.

„Da ist es", sagte von Kelber plötzlich. Das Berliner Kanzleramt, Zufluchtsort des großen deutschen Diktators, Hauptquartier des Dritten Reiches.

An diesem Gebäude war nichts Stolzes oder Unerschrockenes mehr. Es war zerbrochen, zerrissen von Bomben und Artilleriegranaten. Die Haubitzen hatten zahlreiche Einschläge auf seine Wände und Fenster gemacht, alles zerschmettert und seine Wände in Steinsiebe verwandelt, schwarze Löcher, dunkel wie Schädelaugen.

Praktisch existierte die Kanzlei Adolf Hitlers und seines Generalstabs ... nicht.

"Himmel!" Karl keuchte. Und der Führer? Wo ist? Was ist da passiert?

General von Kelber seufzte und verschränkte lustlos die Hände über seinem prallen Bauch. Er sagte kurz, nicht optimistisch:

„Was ist überall passiert, Lieutenant Martin. Wir sinken. Wir sinken unweigerlich.

Steife Trupps durchquerten das Auto. Sie trugen Stahlhelme, Gewehre, Maschinengewehrschützen und Milizuniformen. Aber sie waren keine Männer. Nur Jungs. Fassungslos erkannte Karl, dass er über fünfzehn keine mehr haben würde. Sie sangen Hitler-Hymnen, fieberhaft und fanatisch, als wäre dies ein Sonntagsspaziergang oder ein Spiel. Karl Martin schauderte, schloss die Augen und spürte, wie seine Lippen und Kehle trocken waren, wenn er an das Schicksal dieser

Kinder dachte, angesichts einer mächtigen und furchterregenden Armee wie der Russen.

Er äußerte sich nicht, aus Angst, sich selbst zu erhöhen, aus Angst, zu viel zu reden. Aber von Kelber tat es stattdessen, wedelte mit tragischer Niedergeschlagenheit mit seinem grauhaarigen, edlen Militärkarrierekopf und wandte den Blick von den Gruppen der Hitlerjugend ab, die sich selbstbewusst auf die Brücken der Stadt zubewegten, um sie vor dem Unvermeidlichen zu schützen. .

»Mein Gott ...«, flüsterte von Kelber. "OMG wir sind alle verrückt...

***

Das Kanzleramt war praktisch menschenleer.

Es gab einige Gruppen bewaffneter Soldaten, einige Artilleriegeschütze und eine Art Patrouillen mit Maschinengewehren, die die umliegenden Straßen und die Ruinen der Reichskanzlei bedeckten.

Von Kelber und seine kleine Gruppe von Assistenten gingen in die Gärten des Kanzleramts, wo eine Patrouille von Soldaten mit Hauben, Stahlhelmen und Maschinengewehren sie aufhielt und nach ihren Ausweisen fragte, und sich bei einem SS-Offizier (Führers ausgewählter Wache, unter der direktes Kommando von Heinrich Himmler), der wiederum durch eine mysteriöse Metalltür verschwand, die sich am Fuße einer Mauer befand, die von den Lawinenbomben auf dem Refugium des obersten deutschen Nazi-Chefs zerbrochen war.

Von Kelber wartete und klopfte ungeduldig auf den feuchten Boden des Chancery-Gartens, der jetzt grau und verwahrlost war und mit Schutt, Schrapnell, Staub und Stuck übersät war.

Als der SS-Offizier wieder auftauchte, salutierte er steif und befahl den diensthabenden Soldaten:

„Kommen Sie rein. Der Führer genehmigt Ihren Zugang zum ,Bunker'.

Der Bunker" ...

Da begann Karl Martin zu verstehen. Er erfuhr von dem schrecklichen, qualvollen Zustand des Nazi-Reichstags.

Lebendig begraben. Versteckt, wie Ratten geduckt in der Berliner U-Bahn. Seine letzte, seine letzte, erbärmliche und erstaunliche Zuflucht unter den Ruinen der großen deutschen Hauptstadt. In einem "Bunker". In einem Sicherheitskeller, ein bombensicherer Flugabwehrbunker, Artillerie; sicher vor dem heftigen und gnadenlosen Hämmern, das durch die sowjetischen Armeen auf Berlin fiel.

Sein Hass verwandelte sich fast in Mitleid, Mitleid mit diesen Übermenschen, reduziert auf den erbärmlichen und qualvollen Zustand von Flüchtlingen, schikanierten, erbärmlichen Kämpfern eines zeitweise zusammenbrechenden "Systems", in einem tragischen Holocaust, der durch den Eigensinn in sein letztes Extrem getrieben wurde eines Wahnsinnigen, der nicht nachgeben wollte, der sich nicht ergeben oder seine Niederlage eingestehen wollte, seine gewaltige Niederlage.

Er wollte sie nicht bemitleiden, er wollte nicht Mitleid mit denen haben, die sich schuldig gemacht haben wie der Tod des guten alten Ludwig Strauss, des Göttinger Brauers, der moralisch gestorben sein muss, lange bevor er von der Kugel der Kugel getroffen wurde Gestapo-Mann, als er die kalte Niederträchtigkeit eines Sohnes entdeckte, der von einem unmenschlichen, starren und grausamen System erzogen wurde. Von Dingen wie dem Ende der unglücklichen Roszy Polman, eines guten Mädchens, dessen einziges Verbrechen darin bestand, in einer Welt, die ihre affektiven Fähigkeiten vergessen zu haben schien, zu lieben und geliebt zu werden, sich in ein krampfhaftes, ungezügeltes Verlangen nach Hass und Tod zu stürzen .

Aber trotzdem, als sich die Tür zum "Bunker" des Führers wie ein starrer, schrecklicher Eiserner Vorhang vor ihnen öffnete, der die Türen zu einem halluzinatorischen und abgestandenen "Jenseits" unter der

Erde Berlins öffnete, Zu einigen erschreckenden und erschreckenden Katakomben, aus denen Lebend kam man nicht mehr heraus, Karl Martin tat es wieder leid. Trauer um all diese bleichen und nervösen Männer, sprachlos und düster, die ihn in einem wahren Zirkel geisterhafter Gesichter, schwer fassbarer und unsicherer Gestalten umgaben ...

Dann schlossen sich die Türen zum Refugium des Führers und seines Stabes hinter von Kelber, Martin und den anderen des kleinen Gefolges und isolierten sie, vielleicht für immer, vom Berliner Freiluft, dem grauen und verlassenen Garten, der angespannten und blutenden Welt . von außen, der wie ein Millionen-Tonnen-Alptraum den Berliner Bunker zerschmetterte, der heimlich für Adolf Hitler bestimmt war.

* * *

Die unterirdische Festung war unaussprechlich.

Es wäre notwendig gewesen, dort gewesen zu sein, um alles zu betrachten, von den hermetischen Metalltüren, den gepanzerten Türen bis zu den Privaträumen von Hitler, Eva Braun, Goebbels und ihrer Familie; von Servern, Sekretären, Militärpersonal seines Generalstabs, Küchen, Toiletten, Toiletten, Büros und Arbeitsräume; Unterbringung für Wachtruppen, Telefon, Strom und Wasser, Verbandskasten und Krankenzimmer; nach außen führende Treppe, durch neue Türen verschlossen, ein Ausgang mit Treppe, der auch zum Garten des Kanzleramts führt "und von Kelber und Karl Martin bei ihrem Eingang zum erstaunlichen „Bunker" verwendet, der aus zwei Etagen oder Etagen besteht , und eine authentische unterirdische Festung, Hitlers höchste Festung im Angesicht des Feindes, der sich Berlin, dem Herzen Nazideutschlands, näherte, kurz vor dem endgültigen Zusammenbruch.

In dieser erstaunlichen, verblüffenden Innenwelt, die das weitsichtige Genie des Führers für eine solche verzweifelte Situation geschaffen hatte, wusste Karl, dass er hineingehen und niemals gehen würde, bis alles vorbei war. In gewisser Weise ...

Es war, als würde man eine sagenhafte Stadt betreten, eine mythisch vergrabene Welt, aus der jeder Kontakt mit der Oberfläche stumpf verschwinden würde, sobald die Russen die Tore Berlins erreichten. Was praktisch schon geschah.

Was sich Tage später, als Karl Martin bereits an das quälende, etwas verdichtete Innenleben des Berliner "Führerbunkers" angepasst war, mit wahrhaft tragischen und unsympathischen Charakteren bestätigte.
..

****

Der 16. April war ein schlechter Tag für den Führer und seinen Stab gewesen, eingeschlossen im lebenden Grab im »Bunker«. Damals wurde die große sowjetische Offensive in der Oder bekannt, bei der die deutsche 19. Armee verzweifelt Widerstand leistete, während die Neiße-Front zusammenbrach, als die sowjetische Zweite und Vierte Armee mit einem wirklich beeindruckenden massiven Angriff durchbrachen.

Es war der 16. auch der Tag der Hitler-Proklamation, die gemeinsam mit Goebbels ausgearbeitet wurde.

Achtundvierzig Stunden nach dieser lebhaften und ermutigenden Injektion von Hitlers Feder brach alles zusammen.

Ein neuer russischer Angriff auf die Oder riss durch die deutsche Neunte Armee, warf sie zurück und öffnete lärmende Lücken in ihren Reihen. Und im Gegensatz zu Hitlers Annahme gingen die Sowjets nicht in die Offensive auf Prag ...

„Sie kommen nach Berlin!

Wie ein Lauffeuer verbreitete sich die Nachricht durch das Gewirr von Gängen, Zimmern und Unterkünften des «Führerbunkers». Ein Naiver fragte:

Wer kommt nach Berlin?

"Die Russen, Dummkopf!" antwortete ein Offizier, ein Veteran der "Wehrmacht", mit einem wütenden Gesichtsausdruck. "Der Führer äußerte seine Theorie, dass sie Prag angreifen würden. Jetzt wissen wir, dass er sich geirrt hat. Sie kommen hierher ...

Noch weniger ermutigend waren die neuesten Nachrichten, die den Bunker erreichten:

„Überwältigt von der deutschen Vierten Armee, die sich im Rücken der 9. Widerstand etwas..."

Amerikanische Truppen überqueren die Elbe und versuchen, sich mit den sowjetischen Truppen zu vereinen. Göttingen, Auschwitz und Buchenwald und Jenna sind den Anglo-Amerikanern bereits in den vergangenen Tagen nach heroischem Widerstand ihrer Verteidiger gefallen. "

"Und das passiert zwei Tage vor dem Geburtstag von" mein "Führer ...", war der traurige, düstere Kommentar von General von Kelber, als er die schlechten Nachrichten erfuhr.

Karl sah ihm nach, wie er in Richtung des Quartiers der im 'Bunker' versammelten Militärkommandeure ging, ohne seiner Bemerkung zum nahenden Datum des Hitler-Jubiläums, das nicht von dunkleren und traurigeren Vorzeichen umgeben sein konnte, ein weiteres Wort hinzuzufügen,

Karl Martin machte ein paar Schritte, die Hände auf dem Rücken und runzelte die Stirn. Er hatte den Führer noch nicht persönlich gesehen. Er schloss sich in seinem Quartier ein, nahe dem seiner treuen Gefährtin und Assistentin Eva Braun. Da draußen waren sie es, die Offiziere und Häuptlinge, die die angespannten, aufgewühlten, irritierenden Momente des deutschen Chaos durchlebten.

Karl hatte nicht einmal viel Kontakt zu den Chefs. Andere Offiziere, die sich wie er der Aufgabe widmeten, Teile zu schreiben, Telefon- und Funkverbindungen mit der Außenwelt, die Kontrolle des Innenlebens des "Bunkers" und andere wesentliche Beschäftigungen in einer kleinen unterirdischen Stadt, die von außen völlig isoliert war, waren diejenigen, die lebte direkt und ständig mit Karl zusammen, sowie die Hausdienste des 'Bunkers', abhängig von den Anordnungen der diensthabenden Offiziere für kleinere Angelegenheiten.

Tatsächlich war Leutnant Karl Martin am 18., am frühen Nachmittag, im Dienst, als pessimistische Meldungen von der Front auf den Radiosender im Bunker herabregneten. Dann wurde die hermetische Zugangstür zu den U-Bahnen geöffnet, vielleicht um zum letzten Mal jemanden im Inneren willkommen zu heißen, der schon fast absolut isoliert war.

"Vier SS-Offiziere und drei neue Diener kommen für die Kammern der Führer und Leutnants", teilte ihm Oberst Fritz Wolkse mit, der für die Kontrolle aller Haus- und Nebendienste des "Bunkers" zuständig war.

„Nun, Sir", stimmte Karl mit einem steifen Gruß zu. Ich werde dafür sorgen, dass sie untergebracht werden und dass alles in Ordnung ist, wenn sie den Bunker betreten.

"Ja, Leutnant, kümmern Sie sich darum", sagte der Oberst seufzend. Ich habe zu viele andere Dinge zu erledigen.

Karl nickte mit einem weiteren Gruß. So wurde an diesem Abend Zeuge des Eindringens von sieben Personen in den unterirdischen Bunker. Vier SS-Offiziere, davon zwei durch Granatsplitter verwundet, gingen ins Revier. Und drei Diener, von denen einer männlich und zwei weiblich war. Sie waren bestimmt für den Dienst der Kellner, der Chefs, im unteren Stockwerk des "Bunkers", bestimmt für den Führer und seine unmittelbarsten Diener.

Um sieben nahm Karl die Rolle und überprüfte vorher seine Ausweise. Ich konnte nichtichnoch Risiken eingehen. Jeder, der den "Bunker" betrat, musste nachweislich dem Dritten Reich gegenüber loyal sein. Karl dachte mit bitterer Ironie, wenn sie wüssten, wer Karl Martin war, wenn sie sich vorstellten, dass dieser junge Offizier einen Gestapo-Agenten erschossen und das Andenken an Erwin Rommel verteidigt hatte, der Hitler seines Todes beschuldigte, würden sie es nicht genau sein gerade da...

Die drei Diener waren an der Reihe. Er ging schnell die Rolle durch:

Horst Frübeck, Hilde Stragg ... und Erika ..., Erika Polman.

Er wiederholte flüsternd:

"" Erika Polman ... "

Sie hob die Augen und sah ihn seltsam an. Einer der SS-Offiziere, von den beiden unverletzt, drehte ebenfalls den Kopf, fasziniert von seiner Intonation.

„Ja, das bin ich, Lieutenant", antwortete sie trocken. Stimmt etwas mit meinen Zugangsdaten nicht?

„Nein, nein", verneinte Karl zögernd. Sie stand feierlich auf und gewann ihre Gelassenheit zurück. „Alles ist in Ordnung. Gehen Sie geradeaus. Schließen Sie die Zugangstüren!

Das Wächter bewaffnet von das Außenkorridore in Betrieb genommen die hydraulisches System, das die Ein- und Ausgänge des «Bunkers» hermetisch verschließt. Das Gebrüll von Artillerie und Bombardement, wie ein Gürtel um Berlin, erreichte sie am deutlichsten in den Momenten, in denen der Zugang zum unterirdischen Schutzraum offen blieb.

Erika Polman sammelte ihre Unterlagen ein, konnte aber einen neugierigen Blick auf Karl nicht vermeiden. Er sah sie abwechselnd an. Sie lächelte. Sie war blond, groß und gut gebaut. Ihre Augen waren etwas dunkler als Roszy. Und mehr Unterscheidung in seiner Luft.

"Kennen wir uns, Lieutenant?" Er erkundigte sich.

"Ich glaube nicht", bestritt Karl. Ich war nur ... überrascht von seinem Namen.

"Warum?

„Man hat mir mal von einer Erika Polman erzählt, die in Berlin lebte.

„Ja? Wer hat mit ihm gesprochen?

„Noch eine Frau", lächelte Karl achselzuckend. „Ich schätze, sie ist nicht dieselbe. Es wäre zu ... Zufall.

„Die Welt ist voller Zufälle, Lieutenant. Vor allem während eines Krieges. Haben Sie jemals von diesem Vater gehört, der in den Schützengräben mit einem Bajonett gegen den Feind vorrückte und seinem Sohn gegenüberstand, der in einem anderen Land geboren und ein Soldat der Gegensätze war?

"Ja, habe ich gehört." Karl lächelte. "Die Erika Polman, von der mir erzählt wurde ... lebte in der Friedrichstraße in Berlin.

Erika schauderte unmerklich.

"Ich habe in der Friedrichstraße gewohnt ... bis die englischen Bomben das Gebäude versenkten", sagte er knapp und seine Unterlippe zitterte.

"Himmel...

„Wer hat Ihnen von mir erzählt, Lieutenant? War diese Frau vielleicht ...?

„Rossy.

„Ja." Erika neigte den Kopf. Dann hob er sie mit kalten Augen und erklärte in eisigem Ton: „Er muss sie in Göttingen kennengelernt haben, oder?

"Ja.

»Wie alle Soldaten sie kannten, nicht wahr?

"Nun, ich..." Karl blinzelte unangenehm überrascht. Erikas heitere Schönheit wurde von einem Hauch von Härte, ja sogar Verachtung gestört. Ja, also kann man sagen. Aber es fällt ihr schwer...

"Es ist die Wahrheit. Es war immer klein, gewissenhaft.

Ja Der Krieg hat den Rest erledigt.

„Sie hat viel von dir geredet, Erika.

„Er hat nur getan, was er tun musste. Ich war schon immer ganz anders als sie, verurteile mich nicht wie Roszy.

„Ich habe sie noch nicht ausprobiert. Aber ich fange an es zu tun und du verlierst im Vergleich.

"Das würde ich nicht sagen, wenn ich wüsste, dass Roszy gestorben ist ... nachdem sie einen Agenten der Geheimen Staatspolizei tödlich verwundet hat", berichtete Erika barsch. „Weiß Gott, was meine kleine Cousine für schmutzige Geschäfte machen würde!

Karl war überrascht. Jetzt nutzte er diese Überraschung, um ihm einen gespielten Ton des Bedauerns und des Erstaunens auszudrücken. seine Stimme:

"Roszy tot! Das ist nicht möglich! ... Als ich Göttingen verließ ... war ich voller Leben.

„Nun, es existiert nicht mehr, Lieutenant. Und die Welt hat damit nichts verloren ", erklärte Erika Polman mit eingefrorenem Timbre seiner Stimme.

Er ging an Karl vorbei und ging mit dem Rest der Mannschaft in den Bunker. Er lehnte sich an die Wand und fragte sich, wie Erika so über ihre tote Cousine sprechen konnte.

"Immer noch überrascht, Lieutenant? -", fragte eine sanfte Stimme neben ihm ...

Er hob den Kopf. Der SS-Offizier war neben ihm. Martialisch, eng, arrogant und kalt. Ein blonder Strich strich über seine breite Stirn. Er hatte eiszeitliches Grün, das sehr aufmerksam anstarrte, und sein Mund war fleischig, fest, mit einem zuckenden Rictus, der die Härte seiner Gesichtswinkel in seinen Kiefern hervorhob. War jung.

"Ja, ich bin überrascht", gestand Karl, "Es ist ein toller Zufall, zwei miteinander verwandte Frauen zu treffen, ohne sie zu suchen. Und es ist schrecklich zu wissen, dass eine von ihnen gestorben ist ... anscheinend einen Verrat begehen ihres Landes.

„Ich verstehe Sie, Lieutenant. Erlauben Sie mir mich vorzustellen. Ich bin Leutnant Helmut Wagner von der SS. Obwohl Sie das schon wissen, vom Appell. Und Sie?

»Lieutenant Karl Martin ... von der Division ›Panzer Einundzwanzig'.

"" Panzerdivision?" Der Gesprächspartner hob seine goldenen Augenbrauen. "Rommel treu ergeben, Leutnant?

„Das waren wir alle schon immer, Leutnant Wagner. Treue zu Rommel, zu Deutschland, zum 'Führer. Wie Sie.

„In gewisser Weise wie ich. Aber ich habe nie zu seinem Quarterback aufgeschaut, Martin. Und sei nicht beleidigt davon.

"Warum sollte ich beleidigt sein?" Karl meisterte seinen Ärger. Würden Sie, wenn ich sagen würde, dass ich Himmler nie bewundert habe?

Der von der SS warf der Ironie des Putsches vor. Er richtete sich auf, streng und sah ihn mit offenkundiger Kälte an. Karl merkte, dass er sich sehr bemühte, sich zurückzuhalten und das Gespräch freundschaftlich fortzusetzen,

„Es ist nicht dasselbe, Lieutenant Martin.

"Warum nicht, Leutnant Wagner?" Karl lächelte fest.

„Nun, darüber reden wir nicht", seufzte Wagner. Denken Sie nur daran, dass Rommel tot ist ... und dass Heinrich Himmler noch lebt und auch ein Vertrauter unseres Führers, Leutnant, ist. Es ist nicht dasselbe, oder?

Er verbeugte sich, ohne seine Steifheit zu verlieren, klatschte martialisch mit den Absätzen und ging davon, drehte sich abrupt um und verabschiedete sich:

„Es war mir eine Freude, Sie kennenzulernen, Lieutenant Martin. Ich hoffe, wir sind gute Freunde ... "Heil Hitler!"

"'Heil Hitler!", antwortete Karl ohne Überzeugung und glaubte kein einziges Wort der letzten Äußerung des SS-Offiziers Helmut Wagner.

Nein, er hielt ihn und Wagner nicht für sehr gute Freunde. Dies war der typische SS-Militär, ausgebildet in der dunklen und finsteren Schule Himmlers und des intoleranten Nationalsozialismus.

Offensichtlich konnte er da drinnen nichts anderes erwarten. Es war das Nest der großen Vögel, der Reichsgetreuen, der Fanatiker und der Überzeugten. Es ging nicht nur um Wagner und andere wie ihn. Erika Polman war ein lebendiges Beispiel für die Art von Landsleuten dort. Gleichmut, Verständnis oder Lauheit konnte er nicht verlangen. Alles war heiß und kalt zugleich. Brennender Fanatismus, eisige Starrheit. Der Nazi-Gespenst in diesem "Bunker" war mehr als ein Gespenst: Es war die Realität, die geschlossene, hartnäckige, unerschütterliche Clique der Loyalen einer Idee, die da draußen dramatisch zusammenbrach, inmitten von Ruinen, zerbrochenen Schützengräben und Feldern voller Leichen. .

Langsam kehrte auch Karl Martin ins Innere des "Bunkers" zurück und spürte über seinem Kopf das schwache, aber im Laufe der Stunden und Tage immer stärker werdende Schaudern aus dem Berliner Boden.

„Wir leben noch", flüsterte Karl.

4

Es war das erste Mal, dass sie ihn persönlich sah.

Es war sein Geburtstag. Und der Führer versammelte im "Bunker" all die hohen militärischen Führer, die in Berlin den Schikanen der russischen Artillerie und Luftfahrt Widerstand leisteten.

Am 20. April 1945 feierte der oberste Mann des Dritten Reiches seine Geburtstagsfeier. Karl Martin hat ihn noch nie gesehen.

Als sein Blick in dem geräumigen Kartenraum auf Hitler fiel, ließ Karls instinktive Feindseligkeit gegenüber seinem Führer plötzlich nach.

Er begann etwas anderes zu fühlen. Vielleicht war es schade...

Schade um diesen Mann, diesen wahnsinnigen Titanen, immer stolz, immer überlegen und erweitert durch die Konzepte seiner lebhaften, feurigen Reden. So erinnerte er sie daran.

Als er nun diesen zusammengeschrumpften, zögernden Mann mit ergrauendem Haar, hagerem Gesicht, gereizten Augen, von denen einer ein nervöses Zucken auf dem Augenlid hatte, sah und er unsicher ging und den linken Fuß schleifte, begann Karl ein tiefes Mitleid mit ihm zu empfinden . Es war, als würde man die langsame und schmerzhafte Qual eines Menschen miterleben, der mit all seinen Fehlern jetzt unter der Last einer schrecklichen Verantwortung zerquetscht wurde, untergegangen von einer Niederlage, die sein Leben verbitterte, bereits spärlich und hager.

Dies war derselbe Adolf Hitler, den die Welt seit den Tagen der Invasion Polens im Jahr 1939 fürchtete und hasste. Dies war der Übermensch, unglaubwürdig vernichtet durch Nervosität, Anspannung, Mangel an natürlichem Schlaf, die Wirkung von Beruhigungsmitteln. Hypnotisch, die grimmige Enttäuschung über die Nachrichten von der Front und seine momentan erzwungene Abgeschiedenheit in diesem unterirdischen Refugium unter den rissigen Wänden des Kanzleramts.

"Glückliche sechsundfünfzig Jahre", mein "Führer" Karl hörte Hermann Göring, den Chef der "Luftwaffe" und Reichsmarschall, sprechen.

Hitlers Antwort ging im Gemurmel der obersten Reichsführer verloren, die sich um die immer noch anziehende Persönlichkeit des Führers versammelt hatten.

Karl verließ den Tisch, der speziell für hochrangige Führer Hitler und Eva Braun bestimmt war. Kaffee und Champagner begannen zu fließen. Das Abendessen war vorbei und. Obwohl in diesem Raum alles hell schien und alle Räume des "Bunkers" die Party feierten und am feierlichen Datum ausgelassen Schnaps und Essen vergossen, lag etwas Furchtbares, Erstickendes in diesen Männern und Frauen mit abgezehrten Gesichtern, besorgten und geröteten Augen , von nervösen und unruhigen Gesten.

Karl verließ den Kartenraum und ließ das künstliche Treiben des Führers und seiner direkten persönlichen Clique hinter sich. SS-Wachleute eskortierten Hitler, selbst inmitten seiner Schergen. Karl entdeckte Helmut Wagner inmitten dieser Wache, starr und unbeweglich, die die Tür des Zimmers bewachte.

„Alles Gute, Lieutenant Martin", wünschte er ihm im Vorbeigehen. Haben Sie schon auf die Gesundheit und den endgültigen Triumph unseres Führers angestoßen?

Es schien eine versteckte Ironie zu enthalten, die Karl nicht mochte. Er warf seinem Kameraden einen Blick zu und antwortete scharf:

"Sich, schon gemacht. Und jetzt mache ich weiterundndolo. Champagner trinkenña, man vergisst sogar doderwo istzu und stell dir sogar vor, dass die drüben drüben rumpelnzu draußen sind nicht cañRussische Onazos, aber Feuerwerk zu Ehren der Foderhrer...

Er ging weg, ohne mehr hinzuzufügen. Wagner entließ ihn spöttisch:

"Viel Spaß, Lieutenant Martin! Die Servicemädchen sind heute Abend sehr fröhlich und großzügig. Sie werden eine Party mit ihnen machen, Sie werden sehen ... Aber sparen Sie mir etwas, wenn ich diese Position in einer Stunde verlasse und mich mit Ihnen treffe.

Karl antwortete nicht mehr. Aber als er in die Diensträume kam, stellte er fest, dass Wagner Recht hatte. Die Mädchen, die im Inneren des Bunkers als Kellnerinnen und andere Hilfsdienste, häuslich oder behördlich, dienten, waren in dieser Nacht ganz verändert . Sie alle lachten, sangen oder zeigten ihre körperlichen Lieder, sprangen auf die Tische und warfen sich dann Offizieren und Beamten des "Bunkers" in die Arme.

Ohne zu merken, was geschah, traf Karl auf eine dieser Frauen.

"Guten Abend, schöner Leutnant!" kreischte die Frau, in der sie die opulente Rothaarige Hilde Stragg erkannte, die Kanzleidienerin, die am selben Tag wie Leutnant Wagner und Erika Polman den Bunker betrat.

"Das ist genug, das ist genug!" protestierte Karl, schob sie, so gut er konnte, von sich weg und ließ sie einem anderen Offizier in die Arme fallen, der sie freudig begrüßte.

Der Leutnant stand auf, wischte den Staub und die Champagnerflecken ab, die Hilde über ihn vergossen hatte, und sah sich in der fiebrigen Orgie der Männer und Frauen im Bunker um.

Er sah nirgendwo, wo er hinsah, Erika Polman.

Erika muss wohl abwesend gewesen sein, vielleicht, weil ihr diese Art von Party nicht gefiel oder vielleicht weil eine Servicearbeit dies verhinderte. Karl kannte den konkreten Grund, warum er so eindringlich nach Erika suchte, nicht: Vielleicht hatte sich Roszys Cousine gegenüber Roszy seltsam und gewalttätig verhalten, was nicht gerechtfertigt war, so wenig Freunde die beiden Frauen gewesen waren. , nach dem dramatischen Tod von Roszy Polman in Göttingen.

Er besichtigte verschiedene Räume, in denen großzügig Champagner floss, Militärmärsche gesungen wurden oder melancholische Lieder, die von Frieden, Liebe und glücklichen Zeiten sprachen. Man hätte sagen können, dass er in normalen und siegreichen Zeiten die Büros eines Kanzleramtes besuchte, ohne die latente Gefahr russischer Bomben und Granaten auf die Stadt, ohne die verheerende Nachricht von einem deutschen Zusammenbruch an allen Fronten und Annäherungen an die einst prächtige Hauptstadt . des Reiches...

Es war gefälscht, ja. Aber manchmal konnte die Fake-Atmosphäre erstaunlich gut nachgeahmt werden. Wie jetzt.

Plötzlich fand er sie.

An der Schwelle der Tür, die zu den Serverräumen führte, blieb er stehen. Erika hob den Kopf. Er hatte noch immer das Sektglas in der Hand. Die goldene Flüssigkeit sprudelte scheinbar intakt im Behälter. Sie sah ihn an: über dem klaren Niveau der schaumigen Flüssigkeit.

"Wo haben Sie Ihr Glas gelassen, Lieutenant?" fragte sie etwas mürrisch.

„Ich trage keine, Erika-", erwiderte Karl.

„Warum? Kein Baby?

„Manchmal. Ich mag Champagner einfach nicht sehr. Und ich bin fast froh. Da draußen verlieren die Leute sogar den Begriff von Anstand und Würde.

"¿Wasund trinkst du regelmäßig? ¿Tund? Es gibt einige Aktien für "mein" Führer. Er ist knapp, aber ich glaube nicht, dass sie mich erschießen, wenn ich ihm eine Tasse einschenke ...

""Nein danke. Ich will auch keinen Tee. Wenn Sie Bier haben ...

"Bier ... ach klar. Da ist was Sie wollen. Da haben Sie Dosen, Flaschen wählen, Lieutenant. Aber Sie sollten Champagner trinken. Es ist ein Datum zum Feiern,

"Glauben Sie?" sagte Karl trocken und hob eine Flasche auf, die er auf der Kante eines an der Wand befestigten Metalltisches aufschlug. Er nahm einen Schluck.

"Der Führer hat Geburtstag!" Sie sah ihn hochmütig an. „Ist es nicht wert zu feiern?

„Ich würde ihn fragen. Es ist möglich, dass ich Ihnen eine genauere Antwort gegeben habe,

"Du feierst, nicht wahr?" Erika trank einen Schluck Champagner. Er bewegte sich nicht von seinem Platz, auf der Bettkante, die sie in den Diensträumen belegte. Das ist was zählt. Nehmen Sie es als Hitlers Antwort.

„Diese Party erinnert mich an diejenigen, die nach Beerdigungen gefeiert werden, als Geschenk an die Teilnehmer. Hier riecht alles nach Beerdigung, Erika. Zum Tod...

"Tod!"sie schauderteoder. Ihre Augen, die ihn ansahen, waren groß, dunkelblau, fast indigoblau. Karl hätte schwören können, dass sie Angst widerspiegelten. „Wovon reden Sie, Lieutenant? Wer wird sterben?

"Jeder.

"Jeder!

"Alle, Erika" Karl näherte sich langsam. Seine Lackstiefel, die an jenem Urlaub im "Bunker" glänzten, quietschten, als er sich im Zimmer bewegte. "Wir sind alle tot."

"Halte den Mund, halt den Rand, Halt die Klappe!" Das Glas zitterte in ihrer Hand, und sie verschüttete Champagner auf ihre bis über die Knie entblößten Seidenstrümpfe.

" Es spielt keine Rolle, ob ich die Klappe halte oder nicht. Sie wissen, was das ist. Wir leben eine Maskerade, eine tragische Anstrengung, am Leben zu bleiben. Aber das ist sehr..."Er wies auf die kalten grauen Betondecken hin, das kalte, rohe Blaulicht, die kahlen Wände, den strengen funktionalen Stil der wesentlichen Möbel, die spartanische Einfachheit von allem, was sie umgibt", genau dieses Ding, Erika, ist wie ein Grab . Wir leben in Nischen, in einer Albtraumwelt, die nach dem Grab riecht, nach einem Friedhof, nach einem Sarg, der uns endlich schließen wird.

"Oh nein nein!" Sie stöhnte. Ich wollte trinken; Plötzlich schien sie es sich anders zu überlegen und warf das Glas schreiend, zerbrochen auf Karl: „Verdau weiter deine verdammten Pessimismen, aber flöße sie anderen nicht ein! Wir werden es schaffen! Wir werden neben dem Führer triumphieren!

Er stürmte aus dem Zimmer, als das Glas zu Karls Füßen zerbrach, der sich überhaupt nicht rührte. Das Mädchen verschwand im Flur, wo die lärmende Feier der Nazi-Offiziere stattfand.

Karl ist gegangenoder langsam in einen gleichermaßen erfüllten Sitz fallenzuliko. Mit seinem Blick in die Luft verloren, fuhr er fortoder trank kurze Schlückchen Bier und murmelte ganz langsam, als würde er leise seine eigenen Gedanken enthüllen:

"Tot ... Wir sind alle tot und in unseren Gräbern ...

Ja Wie duIn groteskem Kontrast zu seiner langsamen Bejahung stand das schrille Gelächter, das Klirren von Gläsern, Gesänge und Rufe aus den nächsten Zimmern, in die auch er sehr langsam zurückkehrte, zwischen gleichgültig und müde. Müde von vielen Dingen; wie die meisten dort versammelten Wesen, im Untergrund Berlins ...

* * *

Berlin kann in wenigen Stunden komplett umzingelt sein, 'mein' Führer. Warum nicht das Kanzleramt verlassen und sich in Berchtesgaden niederlassen, um Deutschland weiter zu führen?

„Ich werde Berlin nie verlassen. Was du sagst ist absurd! "Der Führer antwortete seinen Generälen Keitel, Krebs, Jodl und anderen, darunter von Kelber." Die Russen werden die blutigsten Niederlagen vor die uneinnehmbaren Tore Berlins bringen, Als nächstes werden wir die Alliierten ans Meer überwältigen ...

Hitlers Versicherung seines fantastischen Anspruchs faszinierte alle. Trotz der Tatsache, dass sie Militärveteranen waren, die das unvermeidliche Chaos kannten, dass sie bereits dem Untergang geweiht waren, forderte die übermenschliche Anziehungskraft des Diktators Deutschlands für einige Momente ihren Tribut und überwältigte sie. Als ob das wirklich passieren könnte. Nur Hermann Göring erlaubte sich, daran zu zweifeln und bestand auf Hitlers Abwesenheit von Berlin. Der Führer antwortete wütend.

Noch vor Ende der Geburtstagsnacht von Adolf Hitler reiste Göring in seinem gepanzerten "Mercedes" nach Bayern ab, gefolgt von einer großen Eskorte und Fahrzeugen, in denen er seinen riesigen Schatz transportierte. Er würde nicht gerettet werden, aber das war ihm noch unbekannt, als er floh, wie eine andere Ratte, die das Schiff verließ, das sinken würde ...

„Im schlimmsten Fall", sagte Hitler später, „ernennte er Dönitz zum Oberbefehlshaber der Nordzone und Marschall Kesseling für die Südzone Führung in beiden ... Ich werde bleiben, wo ich will.

"Ja, 'mein' Führer", sagte Goebbels begeistert, der seine unanfechtbare Position, bis zuletzt in der Reichshauptstadt weiterzumachen, unterstützte.

Die Gespräche wurden unterbrochen, als etwas laut über dem "Bunker" schnarchte und ganz in der Nähe über ihren Köpfen gewaltige Knallgeräusche zu ertönen begannen, die die Lichter des Unterstandes zum Schwingen brachten und den Anwesenden der jämmerlichen Jubiläumsfeier aus dem 'Fürhrerbunker' ...

„Bomben ... russische Bomben über Berlin. Die rote Fliegerei steht schon vor den Toren der Stadt", sagte von Kelber heiser und starrte gespannt auf die Betondecke. "Mein Gott, ich glaube, das Ende rückt näher...

Aber das hörte Hitler nicht. Hätte er es gehört, hätte er es auch nicht zugegeben. Für ihn war der Sieg noch deutsch. Selbst Karl Martin blieb nichts anderes übrig, als Hitler zu bewundern, als er dies zwei halb betrunkene Offiziere kommentieren hörte. Ein Mann, der unter solchen Umständen in der Lage war, so zu denken, verdiente ihrer Meinung nach Bewunderung.

Währenddessen zerschmetterte die russische Luftfahrt Berlin. Rote Fächer von heftigem Feuer sprangen durch seine Straßen. Neuer

Schutt türmte sich auf, inmitten eines verrauchten Morgens trat ich in Staub ein, der die Nacht vom 20.

Unter diesem Bürgersteig zitterten auch einige Männer. Mit wenig Hoffnung, ohne Glauben an irgendetwas und irgendjemanden ...

* * *

Erika stellte ihr neues Sektglas ab. Er trank nicht gern. Sie wollte sich nicht betrinken wie die Sekretärinnen, Kellnerinnen und Dienerinnen des "Bunkers", die sich jetzt betrunken, summend über den Boden wälzten und sich von ebenso betrunkenen Offizieren umarmen lassen.

Er zog sich langsam aus der Show zurück. Es wurde gesagt, dass Pompeji so ausgesehen haben muss, indem es die Lava des Vulkans zitierte, die über sie rollte, als Strafe für ihre Sünden. Er schauderte und schob die Idee beiseite.

„Ich muss nicht alle beurteilen", murmelte er. Wir dürfen derzeit niemanden für seine Handlungen verurteilen. Sie sind verrückt, sie werden alle verrückt, an einem Ort wie diesem, mit dem Feind draußen ... Nein, das kann ihnen nicht angelastet werden.

„Einsam und gelangweilt in einer Nacht wie dieser, meine liebe Erika?

Er hob den Kopf. Er starrte Leutnant Helmut Wagner von der SS an. Auch er wirkte gelassen, obwohl er ein volles Glas Champagner in der Hand hielt.

„Ich trinke nicht gern, Lieutenant", antwortete sie lächelnd.

„Oh, das kann man nicht zugeben. Ich mag es auch nicht, aber ich trinke. Es ist ... es ist ein festgelegtes Datum, nicht wahr?

„Wenn ja. Auch hier ist es ein außergewöhnlicher Tag. Aber nicht jeder feiert ihn gleich.

Gehören Sie zu den introvertierten Frauen, die mit sich selbst reden und sich von weltlichem Lärm entfernen?

"Nicht ganz. Aber es gibt Zeiten, in denen man gerne nachdenkt, meditiert ...

„Denk nicht nach. Es ist im Moment eine schlechte Sache. Es ist besser zu leben. Lebe und vergiss den Rest. Was auch immer passiert.

„Obwohl... wir alle tot sind?

"Häh?" Wagner zuckte zusammen. Was hat er gesagt?

„Ignorier mich", seufzte sie. "Es ist etwas, was ich heute Abend von jemandem sagen gehört habe. Es ist kein Glücksspruch, Lieutenant. Vergiss es,

„Es ist vergessen. Sollen wir ein paar Drinks haben?

"Nein danke.

„Komm, Erika, du musst mit mir trinken", lächelte Wagner und trank in einem Zug sein Glas Champagner aus. „Ich habe erst zwanzig Minuten frei und habe gerade angefangen, Spaß zu haben. Ich möchte nicht alleine weitermachen. Die anderen Mädchen ... nun, sie scheinen sehr mit ihren Partnern beschäftigt zu sein. .. Ich habe keinen Partner und du bist die schönste und interessanteste Frau im Bunker.

„Danke für das Kompliment, Lieutenant. Aber ich lehne seine Einladung immer wieder ab. Ich trinke nicht.

„Wollen wir dann tanzen?

Erika zögerte. Sie warf dem SS-Offizier einen Blick zu, vergewisserte sich noch einmal, dass er ruhig war, und zuckte die Achseln, nicht sehr begeistert.

„Gut", murmelte er. Ich glaube, ich kann nicht ablehnen ... Gehen wir dorthin.

"Bravo! Wir werden Spaß haben, Erika. Am Ende wirst du sehen, wie wir Spaß haben werden ...

Er nahm sie am Arm und führte sie dorthin, wo der Pick-up war. Er legte eine Tanzplatte auf. Sie begannen zu tanzen, ohne sich darum zu kümmern, was die anderen Paare taten.

***

Ein anderes Album ersetzte das vorherige auf der Platte. Die Nadel landete in den Rillen. Die Musik drang in alles ein und übertönte das Dröhnen der Bomben draußen.

„Oh nein, das reicht...", fragte Erika.

"Hey, wenn wir jetzt anfangen, Spaß zu haben!" protestierte Wagner fröhlich.

Ja Er nahm einen Longdrink aus einer Flasche Champagner und nahm die Fatigada Erika, die sich wehrte, den Tanz fortzusetzen.

"Wir haben mehr als zwanzig Tänze hintereinander!" Sie widersprach. Ich werde nicht mehr tanzen. Außerdem trinkst du zwischen Tanzen und Tanzen furchtbar. Sie können nicht mehr aufstehen, Lieutenant.

"Hey, beleidige mich nicht!" Wagner tobte, Schluckauf. „Ich kann noch zwanzig Stücke tanzen, meine Liebe!

"Aber ich, nein", unterbrach er ihn entschlossen und schubste ihn, "der Tanz ist vorbei, Lieutenant. Suchen Sie nach anderen Mädchen. Es gibt einige, die noch in seinen Armen stehen können ...

"Nein, nein!" protestierte er und wurde aufgeregt. Er stolperte auf sie zu. „Ich will keinen anderen! Ich liebe dich, Erika, Schatz!

"Es beginnt, die Grenzen der Korrektur zu überschreiten", warnte Erika Polman kalt. „Gehen Sie, Leutnant Wagner. Ich tanze nicht mehr.

Er hob die Nadel des Plattenspielers. Das Tanzstück hörte auf. Schnell kam Wagner zu ihr und riss vor Wut die Scheibe vom Teller.

"Du wirst mit mir tanzen, Schatz, ob du willst oder nicht!" heulte "; Und ohne Musik!

Die Scheibe krachte gegen die Betonwand. Die Fragmente sprangen heftig herum, kurz davor, ihn zu verletzen. Erika versuchte mit schnellen Schritten zu gehen. Er konnte es nicht. Wagner legte einen Arm um ihre Taille und legte die andere Hand auf ihren Oberkörper, drückte sie gegen ihr Hemd, bis es kratzte, und zerriß es mit seinen geballten Fingern beinahe.

„Nein, nein", murmelte er. Du gehst nicht von hier weg, Schatz. Kommen Sie; dein Freund Helmut wird dir zeigen, dass wir heute Abend Spaß haben können ... viel Spaß!

„Lass mich los! Lass mich los!", schrie sie.

Betrunkene Offiziere und schläfrige Mädchen lachten über die Szene. Es amüsierte sie. Sie kämpfte in dem Wissen, dass niemand sie aus Wagners Klauen ziehen würde, verwandelte sich in eine mutwillige Bestie, ihr Geist war vom Alkohol abgestumpft.

"Ich mag dich schön; ich habe dich immer gemocht ... Komm, gib mir einen Kuss. Lass dich von deinem geschworenen Helmut lieben ...

Plötzlich brach die widerliche Heiterkeit der anderen Paare ab. Eine Stimme, hart und kalt wie der Rand eines Bajonetts, warnte hinter Helmut Wagner:

Lass sie los, Feigling. Hast du mich gehört? Lassen Sie diese Frau frei, Leutnant Wagner!

5

Er hat sie freigelassen.

Er drehte sich um, sobald er sie losließ, verflüchtigten sich plötzlich einige der alkoholischen Dämpfe, die seinen Geist benebelten, und verwandelte den kalten SS-Offizier in ein primitives Tier, das vom Instinkt getrieben wurde.

Erika bedeckte sich überrascht, immer noch keuchend, so gut sie konnte, mit Fetzen ihrer zerrissenen Bluse, ihre Brust lugte unter den Rissen ihrer feinen Unterwäsche hervor. Sie blickte überrascht und hoffnungsvoll auf die feste, aufrechte Gestalt Karl Martins, der nun vor dem angewiderten Helmut Wagner stand.

Der SS-Offizier, der sein blondes, glattes Haar zerzauste, sprach, fast die Worte abbeißend, scharf und trocken:

„Halt dich da raus, Martin! Ich habe nicht um Ihr Eingreifen gebeten!

„Aber Miss Polman, ja", sagte er leise. Sie bat um Hilfe.

„Lüge! Es liegt an uns beiden. Sie ... sie war sehr zufrieden mit der Situation, weißt du. Aber Frauen geben gerne vor, anständig zu sein, Martin.

"Du Feigling, du Lügner!" zischte Erika. Du ekelst mich an, Wagner!

„Mich ekelt es auch, Wagner", sagte Karl barsch, ohne Helmut Wagner aus den Augen zu lassen. „Du machst mir einen unbesiegbaren Ekel. Mit Typen wie dir in Vertrauenspositionen hat sich der Nazismus sein eigenes Grab geschaufelt... Schwein!

Wagner griff plötzlich nach seiner Pistole und begann sie zu ziehen. Karl handelte schnell. Er streckte eines seiner Beine aus und griff mit einem Tritt aus seinem harten Stiefel nach der bewaffneten Hand. Der "Luger" des SS-Offiziers entkam gewaltsam und prallte trocken auf dem Betonboden.

Danach wurde Karl zu einer Art präziser, mathematischer Wirbelwind, dessen Fäuste schnell gegen Wagner vorgingen. Der SS-Offizier erhielt zwei trockene Schläge auf den Bauch, und bevor er seine eigene Faust auf Karls Kinn treffen konnte, bekam er einen weiteren Schlag mit dem linken Fuß, diesmal auf die Leber.

Karl taumelte, als er von Wagners harten Fingerknöcheln die Direktion entgegennahm, während Wagner nach dem Schlag mit dem linken Fuß auf die Leber bleich hustete. Schnell reagierte der SS-Offizier auf Karl, der sich von seinen Leberschmerzen erholte.

Er schnappte sich eine Flasche Champagner und zerschmetterte sie an der Kante eines Metalltisches. Game bewegte sich mit aller Kraft in Aktion, in einer geraden Linie über Karl.

"Achtung!" Erika warnte verstört. Es wird ihn töten, Martin! ...

Martin sah ihm nach, wie er sich von seiner momentanen Benommenheit erholte, während Wagners rechte Hand die furchterregende Waffe führte, die zersplitterte Flasche, schlimmer als ein Bündel scharfer Messer, die tödlich auf Karls Kehle zielte.

Der Tod spiegelte sich in den glasigen, injizierten Augen von Officer Helmut Wagner, als er auf Karl zustürzte und die furchterregende zersplitterte Flasche schwang, die ihm im Bruchteil einer Sekunde den Hals durchschneiden konnte. Das scharfe, stechende Glas pfiff bedrohlich in die Luft und verdarb den Schlag um Bruchteile eines Millimeters. Karl erlebte die enge, tödliche Berührung, und ein Schauer stieg ihm über den Rücken, bis er sich in seinem Nacken festsetzte.

Aber er blieb nicht stehen. Er wusste, dass der kleinste Misserfolg seines Handelns das Ende vor dem wütenden, blinden und betrunkenen Militär der Nazi-SS bedeutete: Es würde aber auch sein endgültiges Ende sein, auf den neuen Schlag zu warten. In einer Zeit wie dieser hat man nicht immer das gleiche Glück, dachte er, als Wagner sich von dem gescheiterten Versuch erholte und auf dem

Absatz herumwirbelte, um eine weitere Schnittwunde an der Kehle zu bekommen.

Diesmal war Karl effektiv, präzise und sogar brutal. Es musste so sein. Sonst war er verloren. Unmissverständlich verloren.

Wagner streckte die Hand aus, um das Glas in ihn zu stoßen. Karl sprang energisch zur Seite, seine Hände berührten den Plattenstapel, der darauf wartete, in den Pick-up zum Offiziers- und Angestelltentanz gebracht zu werden! "Bunker". Er nahm schnell einen und schnappte ihn an der Kante des Metallschranks, auf dem sie standen.

Wagner stand ihm nahe und suchte ihn mit der Flasche heftig. Karl schlug ihm mit dem Scheibenrand ins Gesicht. Wagner heulte bei dem Aufprall auf. Die harte Paste, geschärft durch den Schnitt, spaltete ihre Wange und. Lippen, mit einem trockenen Schnitt, nicht sehr tief. Karl war nicht grausam, er wollte Wagner nicht für immer zerstören.

Er hat sein Ziel erreicht. Das Blut, das das verwundete Gesicht des SS-Offiziers überflutete, betäubte ihn, blendete und erzürnte ihn derart, dass seinen gefährlichen Luftschnitten mit der Flasche die Richtung und Wirksamkeit fehlten,

Jetzt gelang es Karl leicht, ihn mit der Kante der offenen Hand auf den Unterarm zu schlagen. Er ließ die Flasche fallen, die zerbrach, und sobald er sich rührte, stieß Karl seine Fäuste in die Leber und beugte ihn vor. Wagners Blut bespritzte ihn. Er blieb jedoch standhaft und versetzte ihm den letzten Schlag in den Nacken. Der betrunkene Beamte rollte sich um und befleckte mit Blut den Boden, die Möbel und die Kleidung eines halbnackten Mädchens, das sich hysterisch wimmernd abwandte:

»Bring ihn in die Krankenstation«, keuchte Karl und lehnte sich an die Wand. Jetzt sofort.

Ein Feldwebel und ein Hilfsunteroffizier aus dem Bunker nickten stumm, ganz klar von ihrem Rausch, und Wagner eilte in die Krankenstation, während Karl wieder zu Kräften kam und eine leise

Stimme neben ihm sagte: „Danke. Danke, Lieutenant Martin ... Sind Sie ... sind Sie verletzt?

Er drehte sich um. Erika wirkte fügsamer, weicher und bescheidener als zuvor. Er verneinte langsam mit einem halben Lächeln:

„Nein, ich bin nicht verletzt. Und Sie? Hat Ihnen dieser Wilde wehgetan?

"Leichte Kratzer. Es war ... es war ein weiterer Schaden, den ich in dieser schmerzhaften Situation empfand, Martin.

„Ich verstehe", er sah sie mit einer gewissen Kälte an. Es muss für jede Frau schrecklich sein. Natürlich nicht für diese...

Er deutete um die anderen Sekretärinnen und Dienstmädchen aus dem Kanzlerkeller herum, die seiner Orgie gewidmet waren. Nach einer kurzen Pause fügte er hinzu:

„Roszy war nicht diese Spezies, das können Sie mir glauben. Sie war ein gutes Mädchen. Nur er lebte seinen Weg. In Wirklichkeit fragt man sich, wenn man so lebt, ob es nicht jedem gut geht, so intensiv wie möglich auf seine eigene Weise zu leben.

„Versuch nicht, mich zu überzeugen", erwiderte Erika langsam. Glaubst du, er hasste Roszy wirklich?

„So hast du es mir gezeigt, als du zum Bunker gekommen bist.

„Ich habe so getan, Martin.

"Hat sie so getan?" Karl zog die Augenbrauen hoch und starrte sie an. " Warum?

„Man muss oft in den sauren Apfel beißen und seine eigenen Gefühle verbergen, wenn es um Partei und politische Interessen geht, Martin. Ich war immer Staatsbeamter und parteitreu ... " Sie sah sich um, als hätte sie Angst, von dieser Reihe von Faune und Nymphen in Uniform gehört zu werden. Mit leiserer Stimme fügte er hinzu: „Roszy war anders. Ich weiß, dass man sie aus Unzufriedenheit mit dem Reich beobachtete. Dann ... erfuhr ich von seinem Tod. Wagner und die anderen sind von der SS. Überall gibt es Gestapo-Agenten. Erwartest du, dass ich etwas gewinne, indem ich mich mit meiner unglücklichen Cousine solidarisch zeige? Nein, Martina. Ich musste es tun. Mein Gott, arme Roszy, ich hoffe, er weiß, wie er mir verzeihen kann ...

„Wo sie ist, ist alles vergeben, Erika", murmelte Karl niedergeschlagen. Langsam rauchte er eine Zigarette. Der Tabak schmeckte nach Schlepptau und er warf ihn wütend hin und trat mit dem Absatz seines Stiefels darauf. Es freut mich zu wissen, dass Sie nicht so sind, wie Sie erscheinen.

„Er mochte mich nicht, oder? –" Sie lächelte schwach.

"Ehrlich gesagt nein.

„Warum bist du dann in Gefahr für dich zu meiner Verteidigung gekommen?

Karl schwieg einige Augenblicke. Erika bedeckte sich jetzt mit einer Militäruniform eines Offiziers, der betrunken neben dem lautlosen Pick-up schnarchte. Aber ihre kobaltblauen Augen waren auf ihn gerichtet, als warteten sie auf eine Antwort.

„Ich weiß nicht...", gestand Karl schließlich. „Ich weiß nicht, Erika ...

***

Es würde Karl Martin schwerfallen, diesen Tag zu vergessen.

Es war der 22. April 1945. 48 Stunden nach der Geburtstagsfeier des Führers.

Im Bunker hatte sich nicht viel geändert. Einige Verbrauchsmaterialien waren spärlicher rationiert, fehlten selbst für den Dienst des Führers, und die nervöse Anspannung war um ein paar ganze Zahlen gestiegen. Das war anscheinend alles. Unter der Haut der Offiziere, Chefs und Beamten, die sich in der geheimen Zuflucht unter dem bereits angeschlagenen Kanzleramt gruppierten, über die die russischen Geschwader unermüdlich tonnenweise Bomben abwarfen, die manchmal gezielt, manchmal nicht, die Geister derer, die sich an dem erstaunlichen Ort versammelten sie verloren Kraft, Willen, Hoffnung.

Das Telefon hatte am Vortag einen von Hitlers verzweifelten Befehlen ausgesprochen:

„" General Felix Steiner von der SS wird das Kommando über die deutschen Gegenangriffstruppen in Berlin übernehmen. Der Beamte, der einen seiner Männer von der Teilnahme an dieser Operation freistellt, wird dies innerhalb von fünf Stunden mit seinem Leben bezahlen. "

Es war ein weiterer historischer Ausdruck des Niedergangs des Führers in Deutschland. Steiner, von der Auserwählten Garde des III. Reiches "der furchterregenden SS", übernahm damit das Kommando.

Am 22. April, dem Tag nach dieser Entscheidung, wollte er die Früchte der entscheidenden Entscheidung Hitlers zeigen.

* * *

"Weißt du etwas?

»Noch nichts, mein General«, meldete Karl und stellte sich vor von Kelber, der nervös und besorgt im Besprechungszimmer des Bunkers anwesend war, bis auf die beiden und Oberst Fritz Wolkse verlassen. , der mit der Versendung einiger Dokumente seiner Kompetenz im «Bunker» beauftragt war.

"Steiner hätte schon über den Verlauf der Operation berichten sollen", kommentierte von Kelber und rieb sich nervös die rote, akzentuierte Nase eines guten deutschen Biertrinkers. „Warum zum Teufel machst du es nicht einfach jetzt? Der Führer wird wütend sein …

Er machte einige Schritte, irritiert durch das Zimmer, unter der etwas gleichgültigen und vagen Betrachtung Wolkses, in dessen Händen die Papiere raschelten. Karl versteifte sich vor seinem Vorgesetzten.

»Und Gott weiß, ich würde lieber alles tun, als den Führer wütend zu sehen ...«, fügte von Kelber heiser hinzu und schüttelte nachdrücklich den ergrauenden Kopf.

Er verließ den Raum, ohne mehr hinzuzufügen. Karl wollte ihm gerade folgen, als Oberst Wolkses sanfte Stimme ihn rief:

„Lieutenant, bitte...

Karl drehte sich um und grüßte den alten Soldaten, der sich nicht von seinem Platz bewegt hatte.

„Ja, Sir. Wünschen Sie etwas?

„Ja. Bleiben Sie einen Moment hier. Ich würde gerne mit Ihnen sprechen.

„Ich bin zu Ihren Diensten.

„Hör jetzt auf, Sohn“, seufzte Wolkse langsam. Ich möchte mit Ihnen als Freund sprechen, nicht als Vorgesetzter. Sich ausruhen. Komm her, Junge.

Karl, überrascht von der Behandlung des deutschen Militärveteranen, näherte sich ihm. Fritz Wolkse hatte scharfe, kluge graue Augen. Er lächelte sie mit ihnen an.

„Das sinkt, mein Sohn“, erklärte er plötzlich.

Karl schluckte schwer. Es war gefährlich, sich von solchen Aussagen mitreißen zu lassen. Aber etwas an Wolkse flößte Vertrauen ein.

„Ich weiß, Sir“, sagte er knapp.

„Ich kann nicht sagen, dass es mir sehr leid tut“, der Colonel schüttelte den Kopf. Ich wurde beim Militär geboren. Ich bin immer noch Soldat und Deutscher. Wenn die SS mich so reden hörte, würde sie mich als Verräter verurteilen. Das ist das Schlechte. Das können Sie nicht kommentieren, sagen Sie die Wahrheit grob. Es wird nicht zugelassen. Aber die Wahrheit ist, dass sie uns in dieses Chaos geführt haben. Nie habe ich mehr kollektiven Wahnsinn, mehr Blindheit, mehr Verachtung für die Macht des Feindes, für seine Kampffähigkeit, für moralischen und physischen Widerstand gesehen ... Und jetzt ist es für alles zu spät. Steiner wird scheitern ... wenn er angreift.

„Ich verstehe Sie nicht, Sir.

"Ja, du verstehst mich." Sie starrte ihn an. „Laufende Ratten, wissen Sie. Steiner wird wie Göring seine eigene Flucht suchen. Ich glaube nicht, dass er angreifen wird. Und wenn er es tut, wird es ein weiterer Selbstmord in dieser verrückten Welt sein.

„Warum sagen Sie das alles, Herr?

„Weil ich glaube, er ist der Einzige hier, mit dem du über diese Dinge reden kannst, Junge. Du... du bist „kein Nazi".

Er sagte es flüsternd. Karl erschauderte. Aber er hatte seine Fähigkeit zu Argwohn, zur Besonnenheit bereits überschritten. Er erkannte, dass alles anfing, gleich zu sein.

„Es ist wahr, mein Herr.

"Bravo. Ein tapferer und selbstbewusster Junge "studierte ihn ruhig." Ein typischer Erwin Rommel-Mann. Er wusste, wie man die Realität sieht, nicht wahr, Lieutenant Martin? Sie hätten, wie alle auf Panzer 21, Ihr Leben gegeben, um zu schützen seine.

"Jawohl.

„Ich weiß. Erwin wurde ermordet. Es gab eine Dienststelle in Göttingen! gesucht von der Gestapo und der SS. Er sprach öffentlich über diese Frage. Aber sie haben ihn nie gefunden. Wissen Sie etwas darüber?

Karl spitzte die Lippen. Er begann zu sagen:

„Herr, ich muss Ihnen gestehen, dass ...

Schnell wedelte Wolkse mit der Hand und hielt ihn auf. Der Oberst sprach scharf:

„Nein, gestehe mir nichts, Junge. Nichts, verstehst du? Besprechen Sie dies nicht einmal mit jemandem. Seien Sie nicht zu impulsiv. Die wahren Verräter an Deutschland sind diejenigen, die schweigen, die auf den Moment warten, um anderen ihren Schlamm zu bewerfen, um sich selbst zu schützen. Es gibt viele hier, die gerne den Weg sehen würden, Müll auf andere zu werfen ...

„Helmut Wagner?

„Es ist einer von ihnen. Er hasst Sie, Leutnant. Und ihre SS-Freunde in diesem „Bunker" machen eine gemeinsame Pause mit ihnen. Wissen Sie: Wölfe gehen in Rudeln mit Wagner Seit du diese Narbe in seinem Gesicht gesehen hast, ist sein Hass auf dich und eine gewisse junge Frau in diesem Refugium noch schlimmer geworden.

"Erika...

Wachsam sein. Für dich und für sie. Ich glaube, ich wäre zu allem fähig.

"Danke, mein Lord. Ich werde es mir merken...

"-Ja, mein Sohn", seufzte Colonel Wolkse. Das ist alles. Guten Morgen...

Karl grüßte schweigend. Sein Blick und Wolkses trafen auf stummes Mitgefühl. Dann verließ Karl den Besprechungsraum des Kanzleramtsbunkers.

* * *

Es war Nachmittag.

„Steiners Gegenoffensive ist in vollem Gange, ‚mein' Führer. Und es nimmt zu. Erfolg an allen Fronten in unmittelbarer Nähe der Hauptstadt. Die Russen beginnen sich zurückzuziehen. Ich denke, wir werden gewinnen ... "Heil Hitler!"

Es war ein Anruf von Heinrich Himmler, dem Obersten Chef der SS

Wenig später informierte der Führer selbst seinen Generalstab in einer dringenden Sitzung über die erhaltenen ermutigenden Nachrichten. Das Donnern der Kanonen, immer näher und dröhnender über ihnen, schien nun wie himmlische Musik.

Der Generaloberst Alfred Jodl, Chef des Einsatzes, betrat wenige Augenblicke später die Sitzung des Reichsgeneralstabs, mit dem letzten

Äußeren in seinen Händen. Die Farbe seines Gesichts ahmte perfekt die von Wachs nach.

„Was ist los, Jodl? Was ist los?" fragte Hitler zwischen überrascht und besorgt, als er den angespannten Gesichtsausdruck seines Untergebenen bemerkte.

Der Soldat beschloss zu sprechen, nicht ohne zuvor seinen Willen und seine Energie zu sammeln, um den Schlag, den er mit sich brachte, loszulassen:

"«Mein» Foderhrer, Steiner hat nicht einmal angegriffen. Aus dem jüngsten Kommuniqué geht hervor, dass die Panzertruppen von Marschall Zukhov ... in Berlin eingedrungen sind.

***

„Alles verloren!

„Alles verloren, ja." General von Kelber ging wütend auf und ab, sein Gesicht hatte die Farbe von Asche. Das war vorbei. Der Führer selbst hat es nach seinem Wutausbruch über Steiners Verrat gesagt ... "Das Dritte Reich ist gefallen."

„Und es gibt Gerüchte, dass Göring auch einen Verrat versuchen und das Kommando über die Nation übernehmen will, um den Führer zu ersetzen. Es ist möglich, dass Hitler in den nächsten Stunden seine Verhaftung oder vielleicht seine Hinrichtung diktiert ...", meldete ein anderer Generalstabschef und starrte ins Leere.

"Es ist das Ende..." bestätigte ein anderer langsam.

All diese Kommentare, Gerüchte, Ausdrücke zwischen Mitleid und Angst erreichten die Beamten. Eine angespannte, nervige Atmosphäre durchdrang alles. Die im "Führerbunker" eingesperrten Offiziere, Bediensteten, Beamten und Personal aller Art sahen sich misstrauisch, besorgt, ängstlich an ...

Die Nachricht von der russischen Belagerung Berlins war nun jedermanns Sache. Nun hatte das Abfeuern der Kanonen in den Vororten der Hauptstadt, auf den Zugangsbrücken zur Großstadt, einen Anflug von "Requiem", von Totenmusik für das Reich, die nach Angaben ihres Gründers tausende dauern sollte Jahre ...

Das Echo neuer Befehle, die Hitler in ihren dramatischen Momenten fieberhaft diktiert hatte, erfüllte das Militär mit neuer Verwirrung und Staunen:

„Weißt du was? General Wenck hat den Befehl erhalten, sich im Kampf mit den amerikanischen Truppen nach Berlin zurückzuziehen, um die Hauptstadt um jeden Preis zu verteidigen.

"Es gibt noch mehr Neuigkeiten, sagte ein Kapitän, bleich wie ein Toter, knöpfte seine Tunika auf und sein Atem stank nach Alkohol." Sie haben einen schrecklichen Befehl gegeben: Alle Berliner Jungs müssen die Barrikaden und Schanzen gegen die Russen verteidigen. Ihr Alter spielt keine Rolle. Sie sind siebzehn, fünfzehn ... oder zwölf Jahre alt. Alles wird gehen. Wer von dieser Pflicht desertiert, wird von speziellen SS-Patrouillen an Ort und Stelle gehängt ...

"Mein Gott!" Karl fuhr sich mit zitternder Hand übers Gesicht. Mir war kalt, obwohl ich stark schwitzte. "Es ist ... es ist monströs ...

Es war ihm egal, ob ihn jemand hörte. Und sie hörten ihn. Er erhaschte einen überraschten Blick eines Offiziers, aber dann zuckte der Offizier mit den Schultern und senkte die Augen zu Boden, als ob er alles ignorieren oder nach Belieben nicken würde.

Es war monströs, ja. Karl zitterte beim Gedanken an diese jungen Männer, an diese Kinder, denen eine Waffe in die Hand gegeben wurde und an die Mission, Berlin mit Blut und Feuer gegen einen mächtigen, ausgerüsteten und gezielten Feind wie den Sowjet zu verteidigen.

Ihm war übel, sogar angewidert, dass er geboren worden war, dass er zur Menschheit gehörte. Ein unbesiegbarer und abscheulicher Ekel, der ihn auf die Toilette trieb. Wenig später fühlte er sich besser, aber nicht viel. Da war etwas in seiner Magengrube, das ihn mit bitteren Nadelstichen stach.

Er suchte Erika unter dem zusammengekauerten und zitternden Personal, das von Zeit zu Zeit wie fassungslose Gespenster durch die leeren Diensträume des Bunkers wanderte.

Er fand es nicht. Er stoppte Hilde Stragg, die aus einer flachen Flasche halben Brandy trank.

„Ich suche deine Partnerin, Erika Polman. Hast du sie gesehen?

"Erika ..." Hilde schüttelte bejahend den Kopf. Sicher, Lieutenant. Ich sah sie. Armes Mädchen. Sie hat noch weniger Leben als wir ...

"Was sagst du?

»Wie das arme Ding geweint hat ... Nun, ich hoffe, sie hat Glück. Du weißt nie, wo der Tod ist. Komm, Leutnant. Vergiss Erika und bleib bei mir. Ich du...

"Das ist genug!" Er schlug sie grob. „Wo ist Erika Polman?

„Er ist gegangen...“, schluckte er und ließ die Flasche fallen, die auf dem Boden verschüttet wurde. "Er hat den Bunker verlassen ...

"Nein!" Karls Augen weiteten sich vor Entsetzen.

„Sie... hat Befehle erhalten. Er ging mit einer Patrouille ... der SS. Er war bestimmt ... für den Militärposten ... von ... den Brücken des Wannsees.

Blaß, zersetzt verließ Karl das Zimmer. Hilde schluchzte, sei es von Erika, von der Ohrfeige oder von ihrem verschütteten Schnaps. Wie ein Zyklon durchquerte der junge Offizier mehrere Räume, bis er das Offiziersgemach betrat. Einige sahen ihn erstaunt an.

„Wer hat Erika Polman befohlen, den Bunker zu den Wannseebrücken zu verlassen? brüllte Karl und pflanzte sich in die Mitte des Zimmers.

„Ich weiß nicht“, knurrte ein Kapitän, überrascht." He, Leutnant, was ist passiert?

„Ein Mädchen vom Bunkerdienst ist hier rausgekommen. Es wurde an einen der gefährlichsten Orte der Stadt geschickt, wo Zukhov ohne den geringsten Zweifel mit seinen Panzern eintreten wird ...

„Davon wissen wir nichts, Karl. Hier gibt niemand mehr Befehle. Nur der Führer ... und natürlich die SS. Es scheint, dass er nur ihnen vertraut, trotz des Verrats von Steiner und Himmler.

Karl presste die Kiefer zusammen und leitete den Ausgang aus der Kammer ein. An der Tür fand er jemanden, der stand. Sieht ihn trotzig, böswillig an.

"Suchen Sie jemanden, Lieutenant Martin?" - Helmut Wagner sprach, sein blondes, arrogantes Gesicht jetzt von einer hässlichen Narbe gekreuzt.

"Leutnant Wagner!" zischte Karl Martin und ballte die Fäuste. „Was wissen Sie über Erika Polman und ihr aktuelles Schicksal?

„Alles was du willst, frag mich", lächelte der SS-Offizier. Ich habe sie dorthin geschickt, Lieutenant. Sonst noch Fragen?

Karl stellte keine Fragen. Er ging direkt zu Wagner. Er traf ihn in den Bauch, einen weiteren in die Leber, und als der SS-Leutnant sich verzweifelt verteidigen wollte, warf ihn ein vernichtender "Haken" von Karl gegen die Wand und von dort zu Boden.

"Schwein!. Schmutzige Ratte!", keuchte Martin, bereit, die Bestrafung zu befolgen, und trat mit erhobenen Fäusten vor.

Der Lauf einer automatischen Luger stoppte ihn.

»Noch ein Schritt, Lieutenant, und er ist ein toter Mann. Lassen Sie Leutnant Wagner in Ruhe. Und bereiten Sie sich darauf vor, die Strafe für diese Gewalttat zu erleiden ...

Karl hob das Gesicht und sah einen SS-Oberbefehlshaber an, dessen Augen, kalt und hart wie die eines Reptils, bösartig auf ihn gerichtet waren,

"Lassen Sie ihn, Sir ...", keuchte Wagner, baute sich langsam wieder auf, setzte sich immer noch nicht auf. Es war nichts. Leutnant Martin ist ein tapferer und starker Mann, das ist alles. Deshalb würde ich Ihnen vorschlagen, Sie, mein Herr, mit mir zu beauftragen ... zu der SS-Patrouille, die in einer Stunde in die Vororte von Berlin aufbricht.

„Zugegeben", die Silbe des Kommandanten mit einem frostigen Lächeln. Sie haben gehört, Lieutenant Martin. Das ist eine Bestellung. Halte zurück!

Karl tat. Starr starrte er seinen Vorgesetzten an. Der SS-Chef sprach scharf:

„Er wird als Offizier der SS-Patrouille ausgewählt, die den Bunker verlassen wird, um alle desertierten Jungen zu hängen, die sich weigern, Berlin zu verteidigen. Denken Sie selbst daran, Leutnant Martin, dass Sie unter dem direkten Kommando von Leutnant Wagner stehen und dass jeder Ungehorsam, Aufsässigkeit oder versuchter Fahnenflucht seinerseits die gleiche Strafe erhält wie für die Knaben der Hauptstadt: die sofortige Erhängung.

6

Ruhe bewahren, ruhig bleiben. Sehr ruhig, Leutnant. Trotzdem ist noch nicht alles verloren...

Karl Martin holte tief Luft und beherrschte sich. Er knöpfte grob, fast brutal die letzten Knöpfe seiner Tunika zu, richtete das Geschirr und nahm die Maschinenpistole. Dann sah er Oberst Fritz Wolkse an.

„Ich versuche ruhig zu bleiben, Sir", sagte er langsam. Aber ich denke, es ist schon viel verloren gegangen. Vielleicht das Leben dieses Mädchens, das von diesem boshaften und abscheulichen Offizier dem Gemetzel geworfen wurde ...

„Ich empfehle dasselbe noch einmal: Gelassenheit, Lieutenant Martin. Du bist ein kluger und fähiger Junge. Lassen Sie sich nicht von Ihren Impulsen mitreißen. Sie haben eine Bestellung erhalten. Daran musst du dich auf jeden Fall halten. Er ist Soldat, und das Land befindet sich im Krieg. Außerdem befindet es sich in einem sehr schweren Kollaps, dem kein bewusster Deutscher entkommen kann. Wir müssen alle bis zum Tod oder zum Sieg kämpfen.

„Sogar die Kinder, Sir?

Wolkse senkte grimmig den Kopf. Darauf hat er nicht geantwortet. Dann argumentierte er:

„Im Moment kontrolliert die SS das Militärkommando, mein Sohn. Der Führer vertraut ihnen nur. Ich kann die erhaltene Bestellung nicht widerrufen. Geh mit dieser Patrouille. Und wenn Sie einen Jungen hängen müssen, der sich weigert zu kämpfen ... beißen Sie einfach in den sauren Apfel. Oder diese Leute werden sich erhängen; denken Sie daran, dass jetzt kein einziger Deutscher überlaufen kann ...

"Ich erinnere mich zu gut daran, Sir." Karls Pupillen verengten sich. "Danke für alles. Bestellst du etwas?

„Ja", lächelte Wolkse und streckte seine Hand aus. "Pass auf dich auf. Und dass du jederzeit Gelassenheit hast.

„Ich werde versuchen zu gehorchen, Sir.

„Nun. Viel Glück, Junge", schüttelten sie sich herzlich die Hände. Dann stand Karl auf und salutierte militärisch. Dann stolzierte er davon in Richtung Bunkerwache.

Helmut Wagner wartete bereits und bildete die Patrouille der mit Maschinenpistolen bewaffneten SS-Männer. Die beiden Männer begrüßten sich kalt. Karl stand neben einem SS-Unteroffizier, Wagner gab die letzten Anweisungen:

„Unsere Mission ist es, die Straßen und Alleen Berlins zu patrouillieren, die zu den Brücken führen, auf denen die Sowjets ihre Offensive beginnen werden. Wir müssen verhindern, dass Deserteure unter solch schlimmen und verzweifelten Umständen auf ausdrücklichen Befehl des Führers zwangsrekrutiert werden. Wenn jemand desertiert, wird er ohne Gerichtsverfahren von uns gehängt. Es ist die Reihenfolge. Wenn sie weglaufen, wenn sie nicht beim ersten "Halt" anhalten, schießen sie, um zu töten. Das ist alles. Ach, noch was! "Sein Blick wurde hart." Jedes Mitglied unserer Patrouille, das sich weigert, diesen Befehlen nachzukommen oder sie zu bestreiten, macht sich ebenfalls der Desertion oder Rebellion schuldig und kann auf der Stelle gehängt oder erschossen werden. Lass uns gehen. "Hi Hitler!"

"" Hi Hitler! "" Sie antworteten alle, als ob diese monotone Stimme, bereits Routine, das Zerbröckelnde aufheben könnte; kurz gesagt, das Dritte Reich in etwas mehr zu verwandeln als das heruntergeladene Gespenst, das es damals war.

Die SS-Patrouille unter dem Kommando von Helmut Wagner und Karl Martin als Untergebenen machte sich auf den Weg.

Kurz darauf verließen sie den "Bunker" des Kanzleramts und gingen hinaus in die Hölle von Berlin ...

* * *

Eine Hölle.

Nirgendwo hat ein Ort den Namen mehr verdient oder sein authentisches Erscheinungsbild und seine Lage gerechter widergespiegelt als das Berlin jenes 23. April 1945, nur zwölf Stunden nachdem Karl Martin die erzwungene, fast kriminelle Abwesenheit von Erika Polman entdeckt hatte.

Es dämmerte am 23. Eine seltsame, halluzinatorische, fahle Morgendämmerung, zwischen grau und gelblich, als ob Rauch und Schwefel aus der Hölle selbst über die chaotische Stadt schwebten, gesprenkelt von Freudenfeuern und schwarzem Rauch, der in den Himmel aufstieg. Ein beißender Geruch nach Tod, nach Blut, nach Trümmern und Zerstörung stieg von überall her auf, als ob die ganze Erde von dem ekelerregenden Hauch der Fäulnis zu stinken begann.

Das war Berlin...

Das erschreckende Berlin einiger erschreckender historischer Daten, in dem sich Danteske bleiche Wesen, abgemagert und nervös, durch seine Trümmerhaufen, durch seine Trümmerstraßen, Ruinen und nackten, geschwärzten Mauern bewegten, hinter denen nichts außer der eisigen Leere ihrer Häuser ohne Mauern stand , Dach, Wände oder Personen; mit diesem entsetzlichen Öffnen leerer Augen, die die Fenster waren, die in den Himmel selbst hinausblickten, grau und trüb wie die Atmosphäre der deutschen Hauptstadt.

Von Zeit zu Zeit tauchte unter den Balken und Trümmern eine hakenförmige Hand auf, ein gruseliges, in Blut gebadetes Gesicht, ein zerstückelter Körper, ein zersplittertes Bein oder eine unförmige Masse menschlichen Fleisches, die von Granaten und Bomben weggeblasen wurde. Einige Frauen, ganz und entschlossen, halfen sich gegenseitig, indem sie Leichen herausholten oder verzweifelte Verwundete in die wenigen Krankenwagen luden, die durch die Hauptstadt zirkulierten. Älteste und Kinder unter zehn Jahren wimmerten mit ihren vernichteten Lieben oder kamen zu einer hoffnungslosen Rettung ihrer schwer verwundeten, vielleicht sterbenden Körper.

Ja. Das war Berlin. Das war die stolze Hauptstadt des Dritten Reiches, belagert von russischen Truppen, die bereits am Rande der Hauptstadt, auf den Brücken, die dorthin führten, wütend kämpften ...

Karl, als Teil der Patrouille, die in einem Armeetransporter durch die Straßen streifte, der mit zwei sich drehenden Maschinengewehren auf dem Rücken ausgestattet war, würde diese Alptraumparade sehen.

Das braungrau lackierte Fahrzeug bewegte sich wie eine Raupe durch Trümmerhaufen, Stadtstümpfe und Leichen, die auf einigen ehemaligen Bausteinen der Stadt aufgereiht waren. Es war wie ein Dantesker Spaziergang durch die Grenzen von Satans Reich.

Wird der Tag der Apokalypse schlimmer? fragte sich Karl leise. Und die SS-Soldaten sahen ihn ausdruckslos an, kalt und distanziert, hermetisch in ihrer eisigen fanatischen Isolation, treue Diener von etwas, das zeitweise zusammenbrach ... und das vielleicht gerade deswegen immer gefährlicher, bedrohlicher wurde neuer Saturn, der deine Kinder verschlingen wird.

Sie passierten eine Formation bewaffneter Soldaten. Karl starrte erstaunt auf die großen Umhänge und Stahlhelme, als hingen sie an einem zu klapprigen Bügel. Als er die Gruppe zurückließ, die den Führer mit feurigem Jubel begrüßte und mit Automaten winkte, stellte er mit Entsetzen fest, dass es sich um junge Männer handelte, echte Kinder, die aus der Schule gerissen wurden, aus Privathäusern. Kinder zum Schlachthof ...

Mit dem Handrücken wischte er sich den eisigen Schweiß von der Stirn. Er hob seine Augen zum Himmel, in dem rauen bewölkten Morgen. Sogar das Licht sah aus wie ein schmutziger Vorhang, der in Fetzen vom Himmel hing. Alles war erschreckend, als fremd dieser Welt, dem Menschen, einem Minimum an gesundem Menschenverstand und Sensibilität.

Diese Jungs waren glücklich, zur Schlachtbank zu gehen. Sie gehörten zu den Überzeugten, zu denen, die von blinden Doktrinen vergiftet wurden, von Befehlsstimmen, die in Auswirkungen untermenschlicher Herrschaft verwandelt wurden.

Andere, nicht so sehr. Eine neue Kolonne von Jungen, blass und zögernd, ging an ihnen vorbei. Leutnant Wagner ermutigte sie energisch aus dem Cockpit:

„Vorwärts, deutsche Soldaten! Für den Triumph des Dritten Reiches! "Hi Hitler!"

"" Hi Hitler! „Sieg!", riefen diese armen Tyrannen der großen Farce.

Und sie wedelten mit den Armen, als ob ihnen ein neuer Glaube an ihren endgültigen Sieg eingeflößt wäre. Karl hatte Angst. Angst vor sich selbst, vor seinem Volk, vor seinem Volk. Wenn sie sich so leicht durch einen Kommandosporn entzünden ließen, was konnte Deutschland dann aus seinem Sumpf, aus seinem fast maschinenhaften Gehorsam herausholen?

Eine dritte Gruppe bartloser Soldaten, alle unter fünfzehn Jahre alt, eilig gekleidet und in Kleidern, die auf ältere und größere Männer zugeschnitten waren, machte auf ihn einen noch schrecklicheren Eindruck.

Weil diese an der Bajonettspitze vorrückten. Hinter ihrer langsamen, lustlosen und traurigen Linie werden sie von einigen Soldaten und einem SS-Unteroffizier mit schussbereiten Waffen in die Schützengräben der Berliner Vororte geführt, so wie eine Gruppe von Widdern auf den Schlächter zugeschoben wird.

„Was ist mit diesen Typen, Sergeant? fragte Wagner und hielt seinen Wagen an.

„Sie wollten nicht an die Front. Sie kamen alle zusammen, um ihre Waffen fallen zu lassen und als Gruppe zu desertieren. Ich denke, es ist besser, sie in die Schützengräben zu bringen, als sie alle aufzuhängen, Sir.

„Okay, aber toleriere nicht zu viel. Wenn sie etwas noch einmal versuchen, schießen Sie sie weg. Deutschland braucht keine Deserteure, sondern Soldaten, die dafür sterben.

Der Militärwagen fuhr weiter und ließ die erbärmlichen, verängstigten Kinder zurück. Ein seltsamer, kalter Haß gegen alles um ihn herum wurde in Karl Martins Geist immer stärker. Er schloss krampfhaft die Augen, als er einen Weg überquerte, an dem mehrere Leichen hingen, die von den Bäumen hingen. Es waren alles Knaben, fast Kinder, von der SS gehängt. Mit schwarzer Farbe stand auf dem Boden geschrieben:

Deserteure aus Deutschland. Verteidige dein Land und du wirst nicht unwürdig sterben! "

Er beherrschte sich, um sich nicht zu übergeben. Das war zu viel. Man brauchte die armen, erhängten Kinder nicht anzusehen, um zu sehen, wie sie auf den Seilen schaukelten, ermordet für das einzige Verbrechen, dass sie mehr Angst vor einem Gewehr oder einem Maschinengewehr hatten als vor Schulbüchern oder Mamas Schelten.

"Achtung!" Jemand schrie. "Russische Flugzeuge ...!

Das Auto hielt an. Alle stürzten aus ihm heraus. Karl blieb auch nicht. Im grauen Nebel des Morgengrauens sprießen durch Wolkenfetzen sowjetische Bomber, eskortiert von schnellen Jägern, die bereits auf den Boden zurasten und mit Maschinengewehren aus ihren Flügeln das Feuer eröffneten. Sie waren mit funkelnden orangefarbenen Spritzern bedeckt, und der an vielen Stellen rissige und rissige Asphaltboden des Berliner Bürgersteigs begann zu kochen.

Karl und seine Begleiter von der SS warfen sich verzweifelt hin und her, um den Maschinengewehren der russischen Flugzeuge aus der Luft zu entgehen. Andere Flugzeuge bombardierten bereits die Nachbarschaft und lösten Lawinen aus Steinen und verbogenem Eisen zwischen Feuer- und Rauchsäulen aus, auf die ihre schweren Projektile fielen.

Auf dem Boden zwischen den Trümmern festgeklemmt, blieb Karl stehen, spürte den Boden um sich herum beben und bemerkte, dass die Luft säuerlich roch und die Atmosphäre um ihn herum fast nicht mehr atmete, von reiner Dichte und Blei.

Eines der russischen Flugzeuge flog tief über die Stelle, wo der junge Leutnant kauerte. Er spürte das Summen des Motors, der alles in seinem Weg erschütterte, Ruinen, Mauern, Körper vibrieren ließ. Das Rattern der Maschinengewehre zersplitterte seine Trommelfelle, so nah waren die Schüsse.

Der Apparat wurde angehoben, als die Steine um Karl herumhüpften oder sprangen, pulverisiert, als sie die Projektile erhielten. Er hielt still, klebte am Boden, ohne nach einem Leck zu suchen, das tödlich sein konnte.

Zwei der Soldaten, SS-Angehörige, waren im entscheidenden Augenblick nicht so gelassen wie Karl und sprangen aus ihren Verstecken im Zickzack über die Straße, um die Nähe der Einschläge zu vermeiden. Obwohl sie von der effizienten und fähigen Select Guard stammten, konnten sie den Stress nicht ertragen. Und das hat sie verloren.

Ein zweiter feindlicher Jäger war bereits hinter dem vorherigen und fegte mit seinen knisternden Maschinengewehrsalven die Straßen. Ihre flammenden Streifen holten eindeutig uniformierte Körper ein, die sich bemühten, in den Trümmern eine bessere Zuflucht zu finden.

Sie schlugen um sich und sprangen wie Weichei mitten auf der Straße. Unverständlich fielen sie blutüberströmt, fast unkenntlich, als das Gebrüll der gegnerischen Kämpfer wieder verlor und im Morgennebel aufstieg. Die beiden SS-Soldaten blieben auf der Straße und das Blut lief in Streifen in die Kanalisation ...

Dann war es ein langes, langes Schweigen. Eine Stille, die nur von den wegfahrenden Maschinen unterbrochen wurde, vom Einsturz von Mauern, von unsicherem Schutt. Karl stand langsam auf und sah sich in schmerzhafter Benommenheit um.

Einige Balken brannten. Der SS-Streifenwagen war entkernt, eine brennende Masse aus verbogenem Eisen mitten auf der Straße, nicht weit von der Stelle, an der die beiden Soldaten erschossen wurden.

Keiner näherte sich dem Auto. In der Ferne gruppierten sie sich langsam auf einem Schutthaufen. Es dauerte nicht lange, bis das

Treibstofflager explodierte und die menschenleere Allee mit glühenden Eisensplittern übersät war.

"Wir werden zu Fuß weiter zu den Brücken gehen"sagte Helmut Wagner kalt.

„Das wird die Hölle", kommentierte Karl.

„Und das? Haben Sie Angst, Lieutenant Martin?"

"Nicht für mich. Nicht für Sie, Leutnant Wagner. Ich habe Angst um andere. Er hat zwei sterben sehen. Viele andere werden fallen, wenn wir uns dorthin wagen,

„Wir werden gehen, trotz allem. Wir müssen aufpassen, dass es keine Deserteure gibt. Und wir werden es ganz genau im Auge behalten. Andere Einwände?

„Nein, keiner", seufzte Karl – „Keiner, Sir ...

Er salutierte und stand stramm. Wagner, der Ungehorsam erwartete, schien enttäuscht. Er reagierte nur widerstrebend auf die Begrüßung und richtete seine Maschinenpistole auf die Straße:

"Los! Keine Zeit mehr zu verlieren ... Die SS-Patrouille bestand jetzt aus Wagner, Karl Martin, dem SS-Unteroffizier und nur noch vier Männern aus ihrer ursprünglichen Sechsergruppe. Die sieben Männer bewegten sich durch dieses apokalyptische Labyrinth aus Ruinen und Rauch" , aus Flammen und Blut, auf die Berliner Vororte, auf die Brücken des Wannsees.

Es war ein dummer und verrückter Wunsch, zu bestrafen, eine unmögliche Disziplin aufrechtzuerhalten, die auf Blut und Tod unter der jungen Bevölkerung Berlins beruhte. Aber Karl Martin konnte nichts dagegen tun. Absolut gar nichts. Gehorche einfach, folge den Befehlen eines Gleichgestellten, der ihn hasste und jetzt das Kommando hatte. Andernfalls wäre auch er das Opfer der harten, heftigen Repressionen der Hitler-SS.

7

Die Explosion löste Erdrutsche aus Erde und Steinen aus.

Karl hatte gerade genug Zeit, um zu Boden zu fallen. Vor ihm explodierte eine wahre Hölle von Granaten, von schweren russischen Artilleriegeschossen, die vor den verzweifelten Berliner Verteidigungsanlagen in Batterie gesetzt wurden, und die mit unerbittlicher Wildheit Straßen und Gebäude, Befestigungen und Gräben schlugen, Brüstungen aus Sandsäcken oder Gräben aufschlugen. Höhepunkt am angespannten Vorabend der Belagerung Berlins.

Ohne sich zu bewegen, in Schutt und Asche kauernd, ließ Karl die wahnsinnige Salve vorbeiziehen, nach der es eine kurze Stille gab, die sofort von Maschinengewehr-Klappern und dem unaufhaltsamen „Klack, klirr, klirr, klirr" der schweren Panzer der sowjetischen Kämpfer, sich über Brücken, über Vorortstraßen, in einer gigantischen Zangen- und Eindringbewegung um und durch Berlin bewegen.

Vor ihnen lag schon der Wannsee mit seinen von Knabengruppen bewachten Brücken, jungen Männern in Maschinengewehrnestern, bewaffnet mit Maschinengewehren und Gewehren, mit Handgranaten oder einfachen Pistolen, gegen die gewaltige russische Invasionsmaschinerie.

Dort lagen Leichen in Haufen. Man konnte die bräunlichen Massen uniformierter Männer sehen, die wie Müll übereinander geworfen wurden. Sie waren noch vor kurzem Menschen gewesen, starke junge Leute, voller Leben. Der irrsinnige Aderlass Berlins ging weiter inmitten dieser Dantesken Symphonie aus Schusswaffen, Zusammenbrüchen, Rauch und Feuer, Blut und Schmerz.

Karl stand auf, seine Maschinenpistole im Anschlag und raste im Zickzack durch den Schutt. Wenn ein russischer Kanonier entdeckt wurde, würde ein einziger Treffer ausreichen, um ihn zusammen mit dem Boden, auf dem er sich befand, in Stücke zu sprengen. Sie erwartete ihn von einem Moment auf den anderen, spürte fast schon den reißenden Biss von Granatsplittern in ihrem Körper, so stark war das physische Gefühl der Nähe des Unvermeidlichen in diesem Chaos genährten Feuers, der unversöhnlichen Zerstörung.

Er schaffte es noch rechtzeitig, sich hinter einen Leichenhaufen zu werfen und presste sein Gesicht gegen den braunen, blutigen Stoff eines Soldatenumhangs. Glasige und unbewegliche Augen schienen aus einem zerrissenen Gesicht auf ihn gerichtet, formlos senkte er seinen Stahlhelm, wie das Gespenst der Apokalypse, das den Krieg symbolisiert, auf dem Rücken seines höllischen Reittiers ...

In der Ecke tauchte ein schwerer Panzer mit dem roten Stern auf dem Turm auf. Sein Lauf drehte, oszillierte und suchte wie ein vernichtendes Auge nach der Spur eines Lebewesens. Wenn der Schütze Karl sah, würde der menschliche Scheiterhaufen explodieren, ihn eingeschlossen.

Es gab Momente der Anspannung, der Angst. Der russische Kampfpanzer bewegte sich, näherte sich ihm langsam und unaufhaltsam:

"Klack-Klapp-Klapp-Klappkkk ..."

Knirschend, kreischend, wie ein stählernes Monster, das alles überwältigen könnte ...

Es kam bereits die Straße herunter und zerquetschte Leichen und Schutt unter seinem Gewicht. Er würde leicht über den Scheiterhaufen der Toten klettern und ihn im Gehen zusammendrücken. Er kam direkt auf sie zu. Karl bereitete seine Maschinenpistole auf den Tod vor, als er versuchte, etwas Effektives zu tun, was er für nutzlos hielt ...

Er kam nicht aus dem Schutz der Leichen heraus. Eine entsetzliche Explosion, ein sehr heftiges Aufflackern ... und der russische Panzer, getroffen von einer von der Vorsehung getroffenen deutschen Granate, in tausend brennende, verdrehte Fragmente pulverisiert, die die abgetrennten Körper der Männer, die ihn besetzten, überall ausdehnten ...

Wagner tauchte aus einem anderen Unterschlupf auf und machte deutliche Zeichen, dass alle ihr folgen sollten. Karl tat es und umkreiste den Scheiterhaufen der toten Soldaten. Mehr aus dringender Not als aus Gehorsam. Dieser Bereich war gefährlich. Schon bald würden mehrere Panzer in Richtung Berlin-Mitte fahren. Es war offensichtlich, dass einer der Punkte der heldenhaften und verzweifelten Verteidigung der Stadt in ihrem Widerstand nachgegeben hatte und dem Eindringling eine Lücke offen gelassen wurde.

Das Unvermeidliche begann sich abzuzeichnen, wie Karl es sich immer vorgestellt hatte.

Durch die Begegnung mit Wagner war die Gruppe wieder geschrumpft. Jetzt waren es nur noch fünf: er, Wagner und drei Soldaten. Der vierte Soldat und Korporal waren von dem kurz zuvor explodierten Panzer getroffen worden. Sie würden sich nicht mehr bewegen.

"Und nun ¿Wo, Leutnant Wagner? „Karl war wütend und starrte seinen Kameraden böse an. Wollen Sie, dass wir alle dummerweise ohne praktischen Zweck getötet werden?

"Sie dürfen umkehren, Leutnant", zischte Helmut Wagner, biss die Worte ab und hob seine Maschinenpistole, die auf Karl gerichtet war. Komm schon, mach es, wenn du es vorziehst...

"Sie möchten mich von hinten ermorden", antwortete Martin. Ich fahre mit dir weiter bis zur Hölle selbst ..., wenn wir nicht schon drin sind,

„Sehr gut, Lieutenant Martin. Und denken Sie daran: Obwohl ich gleichrangig bin, habe ich hier das Kommando.

Sie gingen durch Feuer, Rauch und Wolken aus beißendem Staub und rochen nach frischem Blut, Tod und verbranntem Fleisch. Zähflüssiger Schweiß durchtränkte Lieutenant Martins geschwärztes Gesicht.

Vor ihnen stürzte ein weiteres Gebäude ein, getroffen von einer russischen Salve. Schreie erklangen, erbärmliche Schmerzensstimmen. Wagners Soldaten zogen schnell dorthin.

Sie umzingelten das brennende Gebäude, die Mauern bröckelten, zersplittert von den Schüssen. Karl zitterte vor Entsetzen.

Dort dominierte wegen der erhöhten Lage des Geländes ein Maschinengewehrnest die Zufahrt zu einer der Brücken über den Wannsee. Nur das Nest war das unzweifelhafte Ziel des Feindes gewesen. Ein rundum gelungenes Ziel...

Blut, tote und zerschmetterte Waffen lagen auf einer zerknitterten Masse aus Sandsäcken, Kopfsteinpflaster und Stacheldraht. Die Diener dieses Maschinengewehrnests ... waren Kinder gewesen. Keiner von ihnen wurde sechzehn ...

Mit Entsetzen zählte Karl bis zu einem Dutzend lebloser Körper, die von der Druckwelle in die Luft gesprengt oder von Granatsplittern getroffen wurden.

" Hallo da! rief Wagners Stimme heiser. Jemand flieht! Fang ihn ein!

Er zeigte auf eine Stelle im dichten Rauch. Eine verschwommene Gestalt war in den Trümmern verloren. Zwei der Soldaten rannten ihr nach und feuerten ihre Maschinenpistolen in die Luft. Dann bestellten sie energisch:

„Hoch! Hör auf, oder wir schießen, um zu töten! ...

Karl wartete steif. In diesem Sektor konnte man in vier oder fünf Metern Entfernung kaum etwas sehen. Der Rauch der Explosionen und der Staub aus den Trümmern bildeten einen undurchdringlichen und übelriechenden, schmutzigen Nebel, der alles verwirrte und verwischte. Nicht weit von ihm schien Helmut Wagner ihn von der Seite zu beobachten und darauf zu warten, dass er, von Angst beflügelt, selbst die Desertion versuchte.

Karl rührte sich jedoch nicht. Er hatte auch keine Angst. Nur Ekel, Entsetzen, Ekel vor vielen Dingen. Er wollte nicht einmal in die

Gesichter der Jungen sehen, die in ein Nest aus Maschinengewehren gepfercht waren.

Die Soldaten kehrten zurück. Zwischen ihnen, beherrscht von ihren Maschinenpistolen ... ein weiteres Kind. So jung wie die, die da lagen, vielleicht noch jünger. Karl Martin schätzte ihn auf dreizehn Jahre. Ich habe geweint; seine Wange war zerschnitten, seine Kleidung geschwärzt und blutbespritzt, seine Augen vor Entsetzen geweitet. Er trug eine Hitler-Jugend-Uniform.

"Er war ein Deserteur", berichtete ein SS-Soldat. „Er wollte fliehen und hatte sogar sein Gewehr fallen lassen.

„Wirklich? So desertieren, Kleiner?" fragte Wagner kalt.

"Ich..., ich... habe Angst...", schluchzte der kleine Junge. Weinen schüttelte ihren kleinen Körper, fröstelte und zitterte. Er zeigte mit erbärmlicher Einfachheit auf den Graben voller Toter. Einer von ihnen ... ist mein Bruder! Mein Bruder Gert! Ist tot!

"Es macht nichts. Es befreit Sie auch nicht von Ihren Fehlern "Wagnerschnitt, hermetisch." Sie sind ein Deserteur. Kennen Sie die Strafe, die der Führer jedem Deserteur jeden Alters auferlegt?

Der Junge, dessen kleines Gesicht sich in eine verkrampfte Maske aus Angst und Qual verwandelt hatte, schluchzte, ohne zu antworten. Sie sah ihn flehend an und verlangte ein wenig Verständnis.

"Tod, Junge", sagte Wagner. „Es kann keine Vergebung geben. Du wirst gehängt.

"Nein!" Er kreischte schaudernd. Oh nein nein! Vergebung! Barmherzigkeit, Herr, Barmherzigkeit ...!

„Für Deserteure gibt es keine Gnade. Da sehe ich eine Straßenlaterne stehen. Wird dienen. Komm, bereite die Hinrichtung vor.

Karl Martin trat vor Wut.

„Lieutenant Wagner, das meinen Sie nicht ernst, oder?

"Lieutenant Martin, das Gesetz ist für alle gleich", warf Wagner säuerlich ein, der gleich mit zusammengekniffenen Augen mit einem eisigen, bösen Blick hinzufügte: "Sie werden dafür verantwortlich sein." Lieutenant Martin, hängen Sie diesen kleinen Deserteur auf!

* * *

Alle Augen waren auf ihn gerichtet. Das Bösartige, Grausame von Helmut Wagner. Das der drei überlebenden SS-Soldaten der Repressionspatrouille. Und die des Kindes. Vor allem die des Kindes...

Es entstand eine Stille, eine schreckliche Pause, voller bedrohlicher Spannung.

"Komm schon, worauf wartest du?" - Wagner beharrte scharf. "Es ist ein Befehl", Leutnant.

Karl stand auf, ganz ruhig, sehr kalt. Seltsamerweise sogar kalt.

„Ich weigere mich, dem nachzukommen", antwortete er.

Die neue Stille war wie die eines Sturms, bevor er brach. Durch die Adern von allen schien Elektrizität mit sehr hoher Spannung zu fließen.

"Was hat er gesagt?" Wagner zischte. Wiederhole das, Martin.

„Ich werde den Jungen nicht hängen. Ich weigere mich zu gehorchen, Leutnant Wagner.

„Zum letzten Mal habe ich den Jungen gewürgt. Der Führer hat es so arrangiert, haben Sie das vergessen?

„Ich vergesse nichts. Aber ich ermorde keine Kinder, Lieutenant.

„Das ist ... das ist Rebellion.

"Ja.

„Lieutenant Martin, ich muss ‚Sie auch' hinrichten, wenn Sie sich weigern zu gehorchen.

"Ich weiß es schon.

Sein kaltes Blut verblüffte sogar die SS-Soldaten. Wagner wirkte strahlend, aber auch schockiert über seinen bewussten Selbstmord. Der eingesperrte Junge hatte keinen Raum für Erstaunen.

„Sehr gut", schloss Wagner mit einem schweren Seufzer. „Lassen Sie Ihre Waffe fallen und heben Sie die Arme. Ich muss ihn aufhängen, gemäß dem Befehl „mein" Führers. Er hat nicht einmal die Ehre der Hinrichtung.

„Und das macht glücklich. Mach weiter, Wagner – "er ließ seine Maschinenpistole fallen. Langsam hob er die Arme. „Du könntest dir keine bessere Rache erträumen, oder?

Wagner lächelte kommentarlos eisig. Die Soldaten seiner kleinen Patrouille machten sich bereit zu gehorchen und entsprachen in dieser Hinsicht Hitlers fatalen Dispositionen: der Galgen für beide, in einer wundersam unbeschädigten Lampe, was seine Stange betraf, von Granatsplittern gebissen, aber nicht seine Lampe, zerbrochen und geschlagen.

„Sind Sie ... werden Sie für mich sterben, Sir? "Mutterte der HJ-Junge, erschreckte Karls Arm, immer noch voller Ehrfurcht vor dem, was passiert war." Warum?...

„Weil es noch Menschen auf der Welt gibt, mein Sohn", sprach Karl heiser. Das verstehst du vielleicht nicht. Sie können es sicherlich nicht verstehen, nach den Lehren, die Ihnen in den Kopf gesetzt wurden. Sie haben nur instinktiv reagiert, wie ein Kind, das Sie sind, um Ihren Bruder tot zu sehen. Hätten sie dich auch gelehrt ... deine Mitmenschen zu lieben ... dann würdest du es verstehen. Es sind Dinge, die getan werden, weil man nicht in der Lage wäre, etwas anderes zu tun. Und wenn nötig, stirbt er dafür, ja.

„Genug des Geredes", unterbrach Wagner. „Komm, Karl Martin. Du wirst als erster die Galgenstrafe erleiden.

Karl trat zielstrebig auf die Laterne zu. Sie hatten das Seil bereits hindurchgeführt. In wenigen Sekunden würden sie der brutalen Gerechtigkeit gerecht werden. Lieutenant Martin schien keine Angst zu haben. Er lächelte, als sie ihm das Seil um den Hals legten.

"Ich hoffe, wir sehen uns bald, Wagner", sagte er. Nur Sie und alle, die Deutschland versenkt haben, werden einen tausendmal schlimmeren Tod erleiden. Ich sterbe glücklich für mein Land. Für ein besseres Deutschland. Aber nicht für das Reich, nicht für Hitler, nicht für all diesen verdammten Nazi-Wahnsinn.

"Das ist genug!" Wagner zischte, seine Augen funkelten. „Jetzt wird der Verräter enthüllt, der Reichsfeind. Gute Fahrt in die Hölle, Karl Martin!

Machte eine Geste. Die Soldaten der SS bereiteten sich darauf vor, das Seil zu hissen, und erhängten Karl, wie jeder Deserteur oder Aufrührer in diesen schrecklichen Momenten für das sterbende III. Reich an das Reich gehängt wurde ...

8

Schon an der Schwelle des Todes stellte sich Karl eine Frage:

„Was ist mit diesem Mädchen passiert, Erika? ...

Ja im höchsten moment, in die Trance zwischen Leben und Ewigkeit, er wusste, warum er sie verteidigt hatte, warum er sie so liebte, warum er eifrig im Dantesque Berlin nach der geringsten Spur von ihr suchte, ein hoffnungsvolles Zeichen, das ihm sagte, dass immer noch Roszys Cousine war noch am Leben.

Er wusste, dass er sich zu ihr hingezogen fühlte. Und dass diese Anziehung vielleicht Liebe war. Etwas, das er nie für eine Frau empfand. Nicht einmal für die arme Roszy, die nur eine Idylle des Augenblicks war, ein Abenteuer im ungewissen Kriegschaos ...

Dies war anders. Ja, es könnte ... Liebe sein. Und habe es jetzt herausgefunden. Als es für alles zu spät war. Sogar nach Erika zu suchen, um sie aus dieser Hölle zu retten.

"Das Gesetz vollstrecken!" Er hörte Helmut Warner sagen. Die SS-Männer bewegten das Seil und begannen ihre Aufgabe ...

Dann war alles ausgelöscht, mitten in einer eisigen Lawine von damals, Rauch, Staub, Schmutz und Steine, Schrapnell und Blut ...

***

Die erschreckendste und unglaublichste Verwirrung verschlang alles und projizierte Karl in eine Welt, in der alles Liebesbeziehung, unglaubwürdig und ungeheuerlich schien.

Er brauchte ganze Sekunden, um zu wissen, was passiert war, sich zwischen Steinlawinen zu bewegen und den zerschlagenen schwarzen Eisenzylinder der Laterne, lose und zerrissen, von seiner Seite wegzuschieben.

Dann baute er sich wieder auf, geblendet von Staub und Rauch, hustend, mit einem stechenden Geschmack in der Kehle, setzte er sich langsam auf, wohl wissend, dass er verletzt war, dass er irgendwo in seinem Körper blutete und dass das ganze Chaos nichts anderes war als ... der Ausbruch. einer Artilleriegranate, nicht weit von der Hängelaterne entfernt.

Eine Granate, die alles umgeworfen hatte, sogar Karls provisorischen Galgen und den jungen Deserteur ...

Er schüttelte fassungslos den Kopf. Er legte beide Hände vors Gesicht. Er entfernte eines davon, das mit etwas heißem, zähflüssigem Material getränkt war, das über seine Wange und Augenbraue lief und von einer Stelle auf seinem Kopf kam, wo einige Trümmer ihn erreichten.

Er schaffte es, vollständig auf die Beine zu kommen und warf Steine und Schutt um. Seine Beine reagierten, bewegten sich leicht und schmerzten ein wenig vom Aufprall so vieler stumpfer Gegenstände, die sie kurz zuvor erhalten hatten. Auch die Arme schienen intakt zu sein.

Er war noch immer völlig taub, als hätte man ihm das Trommelfell aufgerissen. Das Donnern der Explosion war zu schrecklich, als dass er jetzt irgendein Geräusch hätte hören können.

Er machte ein paar Schritte, lehnte sich an ein Stück Mauer, fühlte etwas, was er durch den dichten Staub und den grauen Rauch nicht sehen konnte. An der Wand klebte etwas. Sie zog ihn an sich, zog ihn dicht an ihre Augen.

Er entließ es mit einem hohlen Schrei voller Entsetzen.

Es war eine Hand. Eine Hand, die ihre Wurzeln abgerissen hat, blutig und schrecklich, immer noch, mit dem Aufschlag einer braunen Uniform, mit dem Emblem der SS ...

Diese Hand war gegen die Wand gekracht, als ihr Besitzer aufgeplatzt war, und sie war wie eine Napfschnecke an der Wand kleben geblieben. Etwas grauenhaftes...

Es war sicherlich kein Offiziersärmel, sondern der eines Soldaten. Jemand, der weniger Glück hatte als er, von der kleinen Patrouille.

Der Rauch löste sich bereits auf, der Staub setzte sich ab und klärte die Sicht etwas. Hustend, seine Augen mit Tränen überflutet und eines von ihnen auch vom Blut aus seinem Riss in seiner Kopfhaut geblendet, bewegte sich Karl Martin und versuchte, sich umzusehen.

Fast sofort entdeckte er neue Schrecken: Fragmente von Soldatenuniformen, Stahlhelme, auf den Boden spritzende Hirnmasse, Blut wie in einem Schlachthof, Arme und Beine von drei Männern ...

Kein einziger der Soldaten wurde am Leben gelassen. Vielleicht verdankte er das Wunder der Tatsache, dass das Metall der Laterne seinen Körper vor direktem Aufprall schützte und ihn dorthin schleuderte, wo ihn die Granatsplitter nicht getroffen hatten.

Eine Art Wunder, dachte Karl Martin verlegen und versuchte, durch den Rauch hindurch zu sehen.

Weitere Feuer, die das Gebiet bespritzten, signalisierten den Einschlag feindlicher Granaten auf Berlin. Das Feuer wurde immer intensiver, verheerender. Die ganze Stadt war ein riesiges Lagerfeuer oder ein Ruinenfriedhof, und Zuchows Entscheidung schien es zu sein, endlich eine verwüstete Stadt zu betreten, die auf nichts reduziert wurde.

Karl machte noch ein paar Schritte aus dem Schutt heraus, auf die menschenleere, schmutzige, zerlumpte Straße. Er fing an, nach einer intakten Waffe zu suchen, um nun allein durch das chaotische Berlin zu ziehen, als ihn die Stimme stoppte:

"Verdammt... zu..., Martin...

Karl fuhr herum, als er diese Stimme erkannte. Dann sprang er zur Seite, sehr pünktlich.

Helmut Wagner zog den Schuss mit seiner Machete, die von Karl wegpfiff und auf dem rissigen Asphalt taumelte. Wagner eilte angesichts seines Versagens zu Martin hinüber und legte die Hand in sein Halfter, um die Waffe herauszuziehen, die er noch hatte.

Obwohl seine Uniform geschwärzt und zerrissen und sein Gesicht und seine Hände mit Kratzern bedeckt waren, war auch Wagner unversehrt aus der Explosion hervorgegangen. Karl wusste, dass sein kurz zuvor auf wundersame Weise gerettetes Leben heute genauso wenig wert war wie damals. Wenn Wagner nach seinem "Luger" griff, konnte ihm der Schuss nicht entgehen.

Zu allem entschlossen, rückte Karl in einem zögerlichen, aber schwindelerregenden Wettlauf mit Schnelligkeit auf seinen Feind Wagner zu, der seine Absichten erriet, blieb stehen, anstatt Schritt für Schritt weiterzuschreiten.

Er sah, wie er sein Holster aufknöpfte, die Luger herauszog, sie schnell zu sich hob ...

Dann stürzte sich Karl in einen verzweifelten Sprung, noch weit von seinem Feind entfernt.

Der Luger feuerte. Ein trockener Knall in der Luft, beladen mit Sprengstoff- und Ruinengeruch. Karl landete heftig auf Wagners Beinen, in einem letzten Zug seiner Arme, packte den SS-Offizier an den Knöcheln und zog ihn heftig.

Wagner rollte auf dem Boden, und Karl klammerte sich schnell an ihn, er kämpfte heftig und packte das bewaffnete Handgelenk mit eiserner Hand. In dieser Unbeweglichkeit der rechten Hand von Helmut Wagner lag der Schlüssel zu allem. Wenn er daran scheiterte, war er verloren.

Die beiden Männer kämpften, schlugen sich mit Knien, Ellbogen, Kopf und Füßen, verstrickten sich in ein virulentes Duell, in dem der eine oder andere sterben würde, denn Karl war bereits der Verzweifelte, der nur durch Eliminierung das Recht zum Leben bekommen konnte sein Landsmann.

Der Kampf wurde virulent, erschüttert. Hass zuckte Wagners Züge und Verzweiflung die von Karl, als seine Muskeln so viel Energie wie möglich in den rohen, heftigen Angriff stecken,

Zweimal zeigte der "Luger" fast auf Karls Mund. Und zweimal gelang es dem jungen Leutnant der "Panzer 21", die gefährliche Bedrohung abzuschütteln, indem er die bewaffnete Hand mit zäher

Energie abwehrte. Er bemühte sich, ihn dazu zu bringen, die Waffe fallen zu lassen, aber Wagners Finger waren im gegenteiligen Fall wie Stahlhaken.

Der SS-Offizier bemerkte seine Kopfhautwunde und schaffte es bei der ersten Gelegenheit, einen gewaltigen Kopfstoß daran anzuschließen. Wagner hatte bei der Explosion noch mehr Glück gehabt als Karl, und seine Verletzungen waren kleine Kratzer, kein langer, tiefer Schnitt wie bei Martin. Der nun Kopfstoß schüttelte Karl vor entsetzlichen Schmerzen und verstärkte die Blutung, was Karl völlig blind machte. Fassungslos gab er seinem Druck nach.

Rechtzeitig, die Frucht seiner Aktion bereits erwartend, stand Wagner leicht auf und schaffte es, die Position beider Körper vollständig zu drehen. Karl war jetzt unter ihm. Es genügte, ihn heftig zu schütteln, so dass der Kopf des Leutnants der Division "Panzer" mit einer Trümmerkante einen scharfen Schlag in den Nacken erlitt. Er stand fassungslos da und kämpfte verzweifelt mit der plötzlichen Ungeschicklichkeit, die ihn überflutete, und der Schlaffheit, die seine Muskeln und Nerven packte.

Mit triumphierendem Lachen richtete Wagner sich auf, die bewaffnete Hand frei. Er senkte ihn und zielte mit seinem »Luger« direkt auf Karls Kopf.

"Verräterischer Hund, stirb!" Die Silbe des SS-Offiziers

Karl regte sich in nutzlosem Eifer. Ich bin fast gestorben. Jetzt schien es, als könnte ihn nichts mehr retten. Es war einmal ein Wunder. Eine zweite Granate würde nicht kommen, um ihn wieder aus der Dunkelheit des Todes zu holen ...

Die Detonation erschütterte sein Trommelfell, durchbohrte sein Gehirn, als würde es mit einem Projektil zusammenbohren, um seine Gehirnmasse zu suchen. Dann folgten wie ein Echo weitere Detonationen, viele weitere ...

* * *

Helmut Wagners in Stücke geschossener Körper verwandelte sich plötzlich in eine Form, die von Projektilen zerschnitten schien, in einem langen roten, blutenden Streifen, auf Hüfthöhe, begann zu schwingen, Blut gurgelte zwischen seinen vergrößerten, glasigen, ungläubigen Lippen . die Augen vor dem Tod, die er für seinen Widersacher arrangiert hatte und die sich nun unerklärlicherweise von ihm nährten ...

Er hatte immer noch die Kraft, die Energie, mit verschwommenem Blick nach dem Ursprung dieser rasselnden Kugeln zu suchen, die auf ihn herabfielen. Und er entdeckte den Schützen, die Figur, die Karl Martin in letzter Sekunde das Leben gerettet hatte.

"Mal ... di ... to! ..." keuchte der SS-Offizier, langsam bröckelnd, nicht einmal in der Lage den Abzug seiner Waffe zu ziehen, den Blick starr, kaum die irdischen Gestalten sehend, in der geschrumpften, winzigen Gestalt von das Kind, das durch Erhängen sterben sollte. Der Kinderkämpfer, zum Deserteur verurteilt, der Heranwachsende, der vor Angst, vor Angst, vor Unverständnis gestorben ist, vor dieser Anhäufung von Schrecken, die er durchleben musste ...

Auch Karl starrte den kleinen Kämpfer an. Er entdeckte seinen kleinen Körper, eingesperrt unter den Eisenbalken und den Trümmern des Gebäudes, die von der Granate niedergeschlagen wurden, seine Beine aufgeschlitzt, sein Körper blutete, sein Alter blass, aber temperamentvoll und strahlend, seine Kinderaugen, ungeheuer offen angesichts der Gräueltaten, die seine Hände hatten gerade getan. verpflichten.

„Danke, Kleiner...", flüsterte Karl, als die letzten Krämpfe Wagner schon bewegungsunfähig machten. „Danke für alles. Jetzt werde ich... dich da rausholen.

„Nicht überanstrengen", der Junge schüttelte den Kopf und zog Karls Maschinenpistole, die er kurz zuvor mitgenommen hatte, von der Stelle, wo er lag, um sie gegen den SS-Offizier zu entleeren – „Es gibt keine Lösung, Leutnant ... Ich glaube ... ich glaube, ich sterbe.

„Rede nicht so, mein Sohn. Du wirst da lebend rauskommen. Und niemand wird dich dafür bestrafen, dass du Angst hast. Es ist ... es ist so menschlich, Angst zu haben. Vor allem in deinem Alter.

„Es ist lustig, Lieutenant. Aber ich habe keine Angst mehr. Nicht mehr ...“ Ihr hageres kleines Gesicht lächelte süß,“ Jetzt, wo ich sterben werde, fürchte dich nichts. Ich hatte auch keine Angst, dich zu retten, indem ich so schrecklich erschieße Mann, glauben Sie mir nicht... ein Verräter oder ein... Feigling.

„Natürlich nicht, mein Sohn. Das hat noch keiner von dir gedacht. Nur diese Verrückten, die die beste deutsche Jugend zum Schlachthof führen “, näherte er sich langsam, sich von seiner Benommenheit erholend, auf den Jungen zu, dem er letztendlich sein Leben verdankte. Und für den, der wusste, dass er nichts mehr tun konnte“. Deutschland bist du, ich bin es ... sie alle sind es, die zwischen würdevollem Kampf und Vaterlandsliebe zu unterscheiden wissen und dem egoistischen und grausamen Wahn einer Handvoll verdrehter Wahnsinniger. Irgendwann wird es ein besseres Deutschland geben ... und das werden sie Jungen wie dir schuldig sein, denen, die nur Angst haben vor dem, was sie nicht verstehen oder fühlen ... Vielen Männern geht es genauso, mein Sohn. Wir sind normale Wesen, die Frieden wollen, eine bessere Welt, das gleiche für alle ...

Kallus. Es lohnte sich nicht, weiter zu sprechen. Der Junge hatte den Kopf zurückgeworfen. Es ruhte auf den Trümmern, blass und träge. Als er starb, hatte sich ein Lächeln in sein Gesicht geritzt. Vielleicht das einzige Licht des Glücks und der Hoffnung, das er seit vielen Jahren gekannt hatte, Und es musste genau dann kommen.

"Gott vergib uns", murmelte Karl erschüttert, "Gott vergib uns allen ...

Langsam ging er davon, zwischen Schutt und Steinen, zwischen Ruinen und Kratern, nachdem er dem Jungen die Augen geschlossen und seine Maschinenpistole geholt hatte. Jetzt war er allein. Allein in verbrannter Erde, in einem Gelände, das der Feind bald betreten würde.

Aber er ist nicht geflohen, er ist nicht von dort weggegangen. Vielmehr trugen ihn seine Schritte vorwärts, zu den Schützengräben und den erbitterten Kämpfen, zu den Staub- und Rauchwolken der Explosionen. Richtung Brücken über den Wannsee.

Da war noch was. Etwas, für das man in Berlin kämpfen muss, in diesem schockierenden und sterbenden Berlin.

Da war Erika. Tot oder lebendig, er wollte sie irgendwo finden, wo immer sie auch sein mochte.

Alles andere war ihm nicht mehr wichtig, absolut alles. Sogar sein eigenes Leben...

9

Das Knistern der Waffen war wie ein Ausbruch, ein bösartiger Ausschlag, der hier und da auftauchte, in der zerrissenen Stadt, in einer baufälligen Ecke oder in einer menschenleeren Straße, die auf beiden Seiten von Toten übersät war.

Dann endete es immer gleich: schwere, massive Panzer, die durch die Straßen zogen, die schwache Nazi-Verteidigung überwältigten. Und die russischen Panzer bewegten sich noch ein paar Meter, vielleicht einen Kilometer in die Stadt hinein, auf der Suche nach der endgültigen Kapitulation Berlins.

Zu Blut und dann. Leben für Leben. So verteidigten die Deutschen ihre Hauptstadt. Sie fielen unerbittlich vor Zuchows gepanzerten Kolonnen. Aber sie starben nach einem energischen Widerstand, der die Tage verlängerte, der die Zeit, die sich die Alliierten für die Besetzung der Reichshauptstadt auferlegten, wie Gummi erscheinen ließ.

Sie hatten geglaubt, am 25. sei die Kanzlei des Führers bereits erreicht. Aber am 26., in der Abenddämmerung, waren die russischen Panzer noch weit weg. Sogar die Amerikaner kämpften wütend am anderen Ende Berlins, auf der Westseite, und kämpften gegen den Geist einer Handvoll heldenhafter Verteidiger, die jeden Zentimeter Land teuer bezahlen ließen.

So ging der Kampf weiter und das unvermeidliche Ende verlängerte sich, er litt unter ständigen Verschiebungen, die die offensive Virulenz der Russen und Anglo-Amerikaner in ihrem gemeinsamen Bemühen, im letzten Stoß das Herz Berlins zu erreichen, verstärkten.

So konnte ein Mann, ein Gespenst inmitten dieser Trümmer, ein Soldat, der seine Maschinenpistole nicht vergisst und sie jederzeit gegen die Angreifer in der Stadt einzusetzen wusste, wie nur ein anderer Berliner, immer weiter suchen und suchen eine Frau, die ganz verschwunden zu sein schien ...

Dieser Mann war Leutnant der Panzer-21-Division Karl Martin. Diese Frau, Erika Polman, von den Hilfsdiensten der Kanzlei des Führers.

***

Die Waffe spie Feuer in einem schnellen, beeindruckenden Knall, in einem knisternden Knall, der die steile und gewundene Trümmerstraße erschütterte.

Die Patrouille der russischen Soldaten wurde zu einem gewaltigen Sieb von Leichen, die über den Asphalt rollten und ihn mit Blut bespritzten. Die Waffe des einsamen deutschen Kämpfers rauchte, nachdem die gewaltige Welle von Geschossen auf die feindlichen Soldaten abgefeuert wurde und in diesen verlassenen Sektor Berlins eindrang.

Der Schütze wischte sich mit dem Handrücken übers Gesicht und wischte sich den Schweiß weg. Seine Augen suchten die Straße ab und bemerkten das geringste Anzeichen neuer Feinde. Mitten auf der Straße stand das deutsche Fahrzeug mit dem Hakenkreuz, dessen Insassen jedoch Sowjets waren. Vielleicht fanden die russischen Soldaten eine deutsche Patrouille, dezimierten sie und besetzten dann das Fahrzeug, um leichter in das gewählte Gebiet von Berlin einzudringen.

Sie hatten kein Glück. Karl Martins Mund verzog sich zu einem harten Grinsen, das nicht einmal ein Lächeln war. Das Töten befriedigte ihn nicht. Nicht einmal die Feinde. Das würde weder etwas lösen noch Berlin retten. Und noch viel weniger nach Deutschland. Es war nur das: noch ein Scharmützel. Eine Möglichkeit, mit dem Feind zu bezahlen, lebt das Leben der gefallenen Landsleute. Karl war kein Nazi. Aber er war Deutscher. Jetzt verteidigte er ein Stück Land und eine Flagge, nicht eine politische Idee, eine Doktrin oder eine Persönlichkeit. Er war gegen den Nationalsozialismus, kein Verräter.

Er rückte langsam vor, die Waffe schussbereit. Er untersuchte die Gefallenen und vergewisserte sich, dass niemand am Leben war. Er vermied es, in die Gesichter der toten Soldaten zu schauen. Er hatte nichts gegen sie. Sie waren Menschen, wie er. Männer mit den gleichen Problemen. Vielleicht hatten sie eine Frau, Kinder, Eltern oder Geschwister, die vergeblich auf ihre Rückkehr warteten. Er war von vielen Dingen angewidert. Er schüttelte den Kopf, erschüttert.

„Oh Gott", flüsterte er. Kannst du nie in Frieden leben?

Er kam neben dem Auto an. Es war in einem guten Zustand. Die Russen hatten Recht gehabt, sie zu benutzen. Er war versucht, in die Falle zu tappen, wenn er nicht sowohl die Nazi- als auch die alliierten Patrouillen fürchtete und sich versteckte, bis er sie später Russisch sprechen hörte und ihre Uniformen aufdeckte.

„Ich kann damit schneller fahren", überlegte er. Ich muss mich beeilen, um Erika zu finden ... oder ich habe keine Zeit. Es wird nicht lange dauern, bis die Russen die gesamte Hauptstadt überfallen ...

Er machte noch ein paar Schritte. Dann stand plötzlich jemand im Auto auf und griff nach der hinten montierten Maschinenpistole auf einem rotierenden Stativ. Sie schwangen die furchterregende automatische Waffe mit erstaunlicher Präzision auf ihn.

Karl, überrascht von der Anwesenheit des russischen Soldaten, der zuvor im Fahrzeug versteckt war, brauchte eine Weile, um sich wieder aufzubauen. Trotzdem kam er pünktlich, für sehr wenig.

Die Waffe war schon auf ihn gerichtet, als Karl Martin entschlossen den Abzug seiner Maschinenpistole drückte, seine Miene zuckte, seine blonde Locke rebellisch fegte, seine breite Stirn schwitzte von Staub, Rauch und Blut.

Ratte-bei-bei-bei-bei-bei ...

Das Klappern wurde von heißem, flammendem Speichel begleitet. Der Russe hustete, hakte die Hände über das Maschinengewehr des

Fahrzeugs, schwankte heftig und brach zusammen, taumelte taub auf dem Asphalt, Blut quoll bereits aus seinen Wunden und aus den Mundwinkeln.

Diesmal war Karl vorsichtiger. Zuerst stocherte er mit dem rauchenden Lauf seiner Maschinenpistole im Fahrzeug. Später setzte er sich hinters Steuer, nachdem er sich vergewissert hatte, dass die gesamte feindliche Patrouille besiegt worden war. Er legte die Maschinenpistole auf die Knie und startete den Motor. Beschleunigt.

Das Fahrzeug wurde durch die breiten Alleen, die von Ruinen und kahlen Wänden gesäumt waren, verloren. Angetrieben von einem Mann, der ständig suchte, suchte. Immer auf der Suche, unermüdlich und hartnäckig.

***

Die Nacht vom 28. auf den 29. war einer mehr in Berlins obsessivem Albtraum von Blut, Feuer und Schrecken.

Die frühen Morgenstunden des 29. brachten im "Bunker des Führers" ein unerwartetes Ereignis: seine Hochzeit mit Eva Braun. Eine tragische Hochzeit am Vorabend des Todes ...

Himmler hatte ihn bereits verraten und versucht, mit Graf Bernadotte Frieden in Deutschland zu schließen. Göring wurde von der SS verhaftet, Admiral Dönitz wurde in der Nachfolge des NS-Staatsoberhauptes bestätigt.

Das geschah im "Führerbunker" des Berliner Kanzleramts. Währenddessen finden in einem anderen Teil der unruhigen deutschen Stadt zwei andere Charaktere, dunkler und ignorierter als der Führer und seine Frau, ihr jämmerliches Ende ...

***

„Noch eine Nacht ... Also, bis wann?

„Ich weiß es nicht. Niemand weiß es. Wir müssen widerstehen. So lange wie möglich widerstehen.

Und ... 'ist' möglich, Dr. Ulmer?

"Ich weiß es auch nicht", gestand der Militärarzt aufrichtig. „Ich glaube, ich weiß von nichts mehr, Erika. Dieser Krieg, dieses Grauen ... sie haben mich aufgeregt. Ja, ich will gar nicht denken. Also das? Es wäre umso schrecklicher.

„Viel mehr..." Erikas Augen folgten den Reihen der Verwundeten. Viele von ihnen unheilbar, andere schrecklich verstümmelt. Mehr als einmal wurden Beine oder Arme wie leblose Gegenstände ohne Wert in die Mülltonnen geworfen. Und es waren menschliche Gliedmaßen, durch eine Operation verstümmelte Körperteile, ein verzweifelter Versuch, um jeden Preis Leben zu retten.

"Ich weiß was du denkst. Sie sind seit mehreren Tagen im Notfallkrankenhaus, oder?

„Ja, Dr. Ulmer. Und ich bin keine Krankenschwester, war ich nie. Er war in einem Außenposten und verbüßte eine Strafe. Das ... das ist großartig für mich. Ich weiß nicht, ob ich mehr nehme.

"Er erträgt schon viel." Dr. Ulmer sah sie nachdenklich an. Sie sagen, sie haben sie bestraft? WHO?

„Der SS-An-Offizier hat mich bemerkt, und ich war für ihn nicht sehr zugänglich. Er hat Rache bekommen.

"Die sehr ...", beherrschte sich der Sanitäter des Reichswehr-Gesundheitskorps. "Die SS ... die Gestapo ... All das hat uns zu diesem Chaos geführt! Verrottung, Egoismus, elende Parasiten, die Deutschlands Blut gesogen haben, Erika ... Wenn es für mich nicht so nötig wäre, ich würde dich bitten ... hier wegzugehen, um zu versuchen, dieser Hölle zu entkommen.

"Wohin?" fragte sie bitter.

"Ja, wohin?" Überlegte der Doktor", wohin, wenn alles Teil der gleichen Hölle ist? Sie haben niemanden, der auf Sie wartet, niemanden, der sich um Sie kümmert, wenn ... wenn Sie hier rauskommen?

„Nein, Dr. Ulmer. Ich hatte eine Cousine. Die Gestapo hat sie getötet. Meine Eltern sind vor langer Zeit gestorben ... Mein Haus wurde von englischen Bombern versenkt ... "Für einen Moment tauchte in seinem Kopf das lächelnde Gesicht, jung und energisch, eines arroganten Offiziers der Division "Panzer 21" auf Bildnis mit skeptischer, impulsiver Geste "Nein, ich habe bestimmt niemanden. Wenn ich sterbe, werden sie auch nicht um mich weinen ...

Dr. Ulmer starrte sie an. Er hatte geglaubt, ihr Zögern ins Gesicht geschrieben zu haben. Der Amtsarzt lächelte, schüttelte den Kopf und sagte dann langsam:

„Niemand, der um sie trauert, niemand, der sie sucht in dieser qualvollen und schrecklichen Welt ... Es ist lustig, Erika.

Sie sah ihn scharf an. Er blinzelte und verstand den Akzent nicht, den Ulmer in seine Stimme legte.

"Was ist neugierig?" Er wollte wissen.

„Das, was Sie gesagt haben. Komisch, dass ich niemanden habe ... und ein Mann hat mir heute etwas anderes gesagt.

"Ein Mann!

»Ja. Wir haben ihn in einem unserer Streifenwagen von einem russischen Granatsplitter verwundet gefunden. Er ist nicht von der SS. Er ist Leutnant »Panzer 21«. Er streift seit Tagen durch Berlin und sucht unaufhörlich nach Ihnen muss lange gedauert haben, um hierher zu kommen ...

„Karl! Karl Martin!

„Ich dachte, du kennst niemanden, der sich um dich kümmert, Erika. So heißt er...

„OMG! Karl... „seine Knie, Hände, Lippen zitterten." Das...?

Verletzt, aber nicht ernsthaft. Nichts Ernstes. Er hatte zuvor eine Kopfverletzung. Er hat andere empfangen. Er ist ein starker Junge wie ein Stier. Er hatte Fieber. Es sagte nur: "Erika, Erika ... Erika." Ich fragte ihn in einem klaren Moment. Er suchte Erika Polman ...

"Mein Gott, ich muss ihn sehen!" Sie schnappte nach Luft. Ich muss Sie sehen, Doktor! Er ... er hat auch niemanden ...

„Okay, wow. Er wird sehen, ob er es wirklich ist" lächelte Ulmer –. Aber wecken Sie ihn nicht auf. Ich habe ein Schmerzmittel verabreicht. Morgen kannst du mit ihm reden. War er bei dir im Kanzleramt?

"Ja...

„Nun, sie können vielleicht dorthin zurückkehren. Es hängt alles davon ab, wie es ihm geht...

Aber Erika hörte ihm nicht mehr zu. Er rannte zu dem Mann, der die Notaufnahme betrat und unaufhörlich seinen Namen rief. Sie sehnte sich danach zu wissen, ob Karl Martin wirklich lebte und war auf der Suche nach ihr durch die Hölle von Berlin gereist ...

Als er vor seinem Bett lag, schlug sein Herz heftig.

Mager, tief schlafend, sein blonder Bart lang, verwundet, blass, kaum ein Schatten des arroganten Offiziers, den er im Bunker kennengelernt hatte. Aber er war es. Es war Karl-Martin.

Ohne zu wissen warum, dankte sie Gott für all das ...

* * *

„Ist es wirklich, Dr. Ulmer?

Der Bundeswehrarzt nickte mit seinem massiven blonden Kopf.

„Ja", sagte er kurz. Es gibt keine Zeit zu verlieren. Heute verlassen. Morgen, am 1. Mai, werden die Russen die Besetzung Berlins abgeschlossen haben. Vielleicht können Ihnen Ihre Freunde im Kanzleramt einen Ausweg aus diesem Chaos bieten.

Karl, noch zögernd, schüttelte Ulmer warm die Hand. Er stieg in das Fahrzeug ein, das er dorthin gebracht hatte und das der Arzt in einwandfreiem Zustand zu ihm zurückkehrte. Erika neben ihm war mit einem Militärumhang bedeckt, von dem die Embleme abgerissen waren. Der Tag war grau, fast kalt und rau.

„Ich wünsche dir viel Glück", murmelte Ulmer. Sie werden es brauchen ... was auch immer passiert.

Erika sah ihn an. Karl sah sie an. Sie hatten kaum etwas miteinander gesagt. Ein Gruß, ein Händedruck beim Anblick beider, schon bei Bewusstsein. Aber seine Hände zitterten, als er drückte. Da war etwas, ein magnetischer Strom, der von einem zum anderen überging. Aber kein Wort. Nicht einer...

„Geht raus, Jungs", drängte Ulmer. „Es ist sechs Uhr nachmittags und die Nacht muss sie einholen, wenn sie wieder in der Sicherheit des Bunkers sind ...

Karl nickte. Sie begrüßten sich - beide Männer. Das Fahrzeug flog unter dem Dröhnen russischer und amerikanischer Flugzeuge vor dem Hintergrund des zerstörten, zerschlagenen, baufälligen Berlins ab, das von sowjetischen Granaten, Haubitzen und Artilleriesalven erschüttert wurde.

Karl fuhr düster durch mehrere Straßen. Erika sah ihn an.

„Stimmt es, dass du in der ganzen Stadt nach mir gesucht hast, Karl?" fragte sie.

"Ja das ist korrekt...

„Tagsüber?

"Ja.

„Oh mein Gott... Was ist mit Leutnant Wagner?

"Tot.

„Und jetzt? Was wird passieren?

"Ich weiß es nicht. Die SS hat die Gunst des Führers verloren. Sie haben ihn alle verraten. Jetzt tut er mir fast leid. Trotz allem, was er getan hat ...

„Vielleicht ... vielleicht werden wir nie dort ankommen.

„Vielleicht. Wir können sterben, Erika.

Oder in die Hände der Russen fallen.

„Es ist auch möglich" er sah sie von der Seite an. „Was auch immer passiert, Erika, ich möchte, dass du das jetzt weißt.

"Wer weiß... was, Karl?" Sie schauderte heftig.

„Ich liebe dich, Erika.

„Karl!

„Ich habe dich immer geliebt. Das erklärt alles, oder?" Ich habe versucht, hart zu sein. Und er konnte es nicht.

"Ach, Karl, Liebling..." sie lehnte sich an ihn, küsste seine Kleider, die Hände am Steuerrad. Sie sah ihn mitleiderregend, zärtlich an. "Karl, ich glaube ... ich glaube, ich hatte immer ein Faible für dich. Aber dieser verdammte Krieg ...

„Ja, alles macht es schwer. Aber es hat uns erlaubt, uns zu treffen, es hat uns vereint, es hat uns getrennt ... um uns jetzt wieder zu vereinen,

„Und vielleicht trennt es uns wieder, Karl", zitterte sie.

"Vielleicht. Wenn das passiert ...

"Was?

„Wenn das passiert, Erika..., möchte ich, dass du das hörst.

„Sag es mir, Karl.

"Jeden Tag am 30. April, seit du zurückkehrst, um der Eigentümer deiner Handlungen zu sein, wenn all dies hinter dir liegt ...

„Rede reden.

„Warte immer an einem Ort auf mich.

"Welche?

„Ein Ort namens Göttingen.

„Ja, Karl...

„Auf dem kleinen örtlichen Friedhof ... vor dem Grab eines Mädchens namens Roszy Polman.

"Ja ja!" Zwei große Tränen rollten aus Erikas Augen.

„Ich habe es dir einmal versprochen, Erika. Es ist ... es ist ein guter Ort für Sie und mich, um uns wiederzusehen ... falls es jemals passiert.

„Ich werde da sein, Karl... jeden 30. April. Egal wie viele Jahre vergehen...

Karl antwortete nicht. Plötzlich bremste er das Auto ab. Er sah vor sich hin. Sie fing die Anspannung, die Qual in seiner Geste auf. Auch dort hat er nachgesehen. Karl Martin begann, seine Maschinenpistole aufzuheben.

„Nein, Karl", überlegte er. Es wäre nutzlos … Alles ist jetzt nutzlos.

Karl sah sie an. Dann betrachtete er die russischen Fahrzeuge, die bewaffneten sowjetischen Soldatengruppen, die Offiziere, die die Straßen und Eingänge bewachten.

Er hob die Arme und murmelte:

"Du hast recht. Schon ist alles nutzlos, Erika …

Ebenfallsundn sie ist groß gewordenoderdeine Arme. Die Russen rückten auf sie vor. Ein Offizier, Pistole in der Hand, fragteoder auf Deutschzurudimentär f:

„Wo wollten sie hin?

Karí hat nicht gelogen:

„An die Reichskanzlei.

"Mit Hitler?" Fragte der Russe, überrascht von seiner Aufrichtigkeit.

"Ja.

„Ihm treu?

„Deutschland treu, Sir.

Der Offizier sah sie an. Nicht zu feindselig. Er bedeutete ihnen, herunterzukommen. Waren registriert.

"Es ist zwecklos, wenn sie gehen", sagte der russische Offizier.

Karl antwortete nicht. Der Feind musterte ihn mit einem halben Lächeln.

„Es wäre nutzlos, selbst wenn sie ihrem Führer gegenüber bedingungslos gewesen wären", fügte er hinzu. „Die Nachricht hat sich wie ein Lauffeuer in ganz Berlin verbreitet, wissen Sie. Adolf Hitler … hat Selbstmord begangen.

Karl spitzte die Lippen. Ohne zu wissen warum, tat es ihm wieder leid. Es war absurd, aber er fühlte es. Obwohl er es nicht hätte fühlen sollen. Vielleicht war er zu menschlich.

"Er hat Selbstmord begangen...", wiederholte er langsam. Es war also wirklich das Ende.

"Ja, es ist das Ende des Reiches", seufzte der sowjetische Offizier. Jetzt lass mich dich und die Dame trennen. Es ist regulatorisch, verstehst du? Haben Sie sich schon einmal etwas zu sagen? Es kann ... es kann lange dauern, bis sie sich wiedersehen.

"Ich verstehe, ja." Karl starrte Erika an. Er lächelte sie fröhlich aus seinem blassen Gesicht an. "Erinnere dich, Liebling. Auf dem Friedhof ... an einem 30. April.

„Ich werde da sein, Karl", versprach Erika und erwiderte das Lächeln unter Tränen.

Später wurden sie getrennt. Berlin zitterte noch immer unter Artilleriefeuer. Aber es waren schon die letzten Krämpfe. Das Letzte...

Im "Bunker" des Kanzleramts waren bereits zwei Leichen eingeäschert worden, damit niemand sie beleidigen würde: Adolf Hitler und Eva Braun auf ihrer tragischen Hochzeitsreise.

Auf einer zufälligen Straße im baufälligen Berlin trennen sich zwei Wesen, vielleicht für immer: Karl Martin, Leutnant der "Panzer 21", und Erika Polman ...

EPILOG

"Für immer?"

Nicht.

Eines Tages im Jahr 1949, vier Jahre später, waren zwei junge Trauergäste auf dem kleinen Friedhof von Göttingen.

Vor einem Grab stand: „Hier liegt Roszy Polman. Getötet 1945. Getötet von der Gestapo. "

In Göttingen hat mir jemand davon erzählt. Mehr wollte ich nicht wissen. Schließlich war es das, was ich wollte. Ein schönes Ende einer bitteren, harten und schrecklichen Geschichte des Zweiten Weltkriegs: die eines "Bunkers" in Berlin und die einiger Wesen, die ihn im April 1945 besetzten ..., als das Dritte Reich zusammenbrach.

ENDE

107